변혁 1990

1990

19

천지무천 장편소설

FUSION FANTASTIC STORY

변혁 1990 19권

천지무천 장편 소설

초판 1쇄 찍은 날 § 2016년 5월 23일
초판 1쇄 펴낸 날 § 2016년 5월 30일

지은이 § 천지무천
펴낸이 § 서경석

편집책임 § 고승진

펴낸곳 § 도서출판 청어람
등록번호 § 제1081-1-89호
등록일자 § 1999. 5. 31
어람번호 § 제1-2441호

주소 § 경기도 부천시 원미구 심곡2동 163-2 서경B/D 3F (우) 14640
전화 § 032-656-4452 팩스 § 032-656-4453
http://www.chungeoram.com
E-mail § chungeorambook@daum.net

ISBN 979-11-04-90821-7 04810
ISBN 978-89-251-3388-1 (세트)

변혁
1990

천지무천 장편소설

19

FUSION FANTASTIC STORY

CONTENTS

Chapter 1

신의주 특별행정구 내의 사고 수습은 빠르게 처리되었다.

북한 당국은 1개 대대를 특별행정구에 추가로 파견했다. 또한 특별행정구 내로 들어가는 검문 절차가 더욱 까다로워졌다.

달라진 점은 김상열 대좌가 보낸 호위 무관들이 행정실과 숙소에 배치된 것이다.

모스크바에서 출발한 경호 대원들과 함께 이들은 어딜 가든지 나를 경호할 것이다.

"폭발 사고로는 사망자나 부상자가 없었습니다만, 숙소에서 쓰러진 근로자가 아직 깨어나지 못하고 있습니다."

이태원 차장의 보고였다.

"최선을 다해서 치료에 임해야 합니다. 이곳에서 누구든지 다쳐서는 안 됩니다."

"예, 오늘까지 경과를 보고서 안 되면 평양으로 후송할 생각입니다."

특별행정구 내에는 임시 병원을 개설하여 공사장에서 발생하는 부상자들에 대해서 곧바로 대응하고 있었다.

"신의주시에 있는 병원을 지원할 방도를 연구해 보세요. 매번 중환자를 평양으로 보낼 수는 없습니다. 이곳의 임시 병원도 지금보다 확장하고 의사와 간호사도 더 충원해야 할 것입니다."

신의주시에도 병원이 있었지만, 상당히 시설이 낙후된 상태였다. 의료장비뿐만 아니라 의약품들도 부족한 것이 많았다.

그나마 특별행정구의 공사가 시작되는 시점에서 의료시설이 필요로 하자 북한 당국에서 의약품을 지원하기는 했지만 부족한 점이 많았다.

"예, 곧바로 알아보겠습니다."

특별행정구의 사고처리에 대한 일들에 대한 업무를 처리

한 후에 북한군 경비책임자인 김상열 대좌와 만났다.

"죄송합니다, 면목이 없습니다."

김상열 대좌는 나를 보자 사과를 했다.

특별행정구 내의 사고와 나를 습격한 인물을 막지 못한 책임 때문이었다.

"아닙니다. 옛말에도 열 사람이 도둑 하나를 막지 못한다고 하지 않았습니까? 공사가 더 진전된 상태에서 이런 일이 일어났으면 더 큰일이었습니다. 차라리 이번 사건으로 문제점을 알게 된 것이 소득일 수 있습니다."

"그렇게 말씀해 주시니 참으로 고맙습니다. 침입 경로로 여겨지는 곳마다 경비 인력이 추가로 배치될 것입니다. 취약 지점으로 여겨지는 열 군데의 지역에도 추가로 경비 초소가 세워질 예정입니다."

경비를 강화하고 인력을 더 배치한다고 해도 나를 노렸던 인물의 침입은 막지 못할 것이다.

그는 일반적인 인물이 아니었다.

신의주 특별행정구의 외부가 아닌 내부에서 그를 막아야만 한다.

"앞으로 다시는 이런 일이 일어나지 않게 하면 됩니다. 오늘 저녁이면 저희 쪽 경비대가 도착합니다. 그러면 지금보다 훨씬 안전한 상황이 될 것입니다."

"그렇다고 해도 저희 쪽 호위 무관들은 철수시키지 말아 주십시오."

"그렇게 하겠습니다. 대신 제 지시에 따라야 합니다."

호위를 핑계로 내 행동을 제약하는 것은 원치 않았다.

"물론입니다. 앞으로는 절대 이런 일이 없도록 하겠습니다."

김상열 대좌는 다시 한 번 나에게 다짐하듯 말했다.

"한데 침입한 자가 고도로 훈련을 받은 것처럼 보였는데, 혹시 북한군과 연관되었던 인물입니까?"

나를 죽이려고 했던 사내는 일반적인 인물이 아니었다. 어떠한 훈련과 수련을 해왔는지는 모르지만, 인간이 상상할 수 없는 동작과 움직임을 보여주었었다.

난 그가 북한군 특수부대와 연관이 되어 있는 인물 같다는 느낌에서 질문을 던진 것이다.

김상열이라면 습격자에 대한 정보를 알 수 있을 것 같다는 생각도 들었다.

"말씀을 드리겠습니다. 저희가 쫓는 인물들이 있습니다. 북한 내에서 여러 건의 테러를 발생시키면서 당과 인민을 배반한 조직입니다. 그들이 이번……."

김상열의 이야기는 북한의 체제를 반대하는 조직이 있다

는 것이었다. 더구나 이들은 김일성과 김정일 부자의 왕조에 반기를 들면서 지금까지 비밀리에 활동해온 조직이었다.

지금 그들이 신의주 특별행정구의 개발사업을 방해하려는 것 또한 북한 정권의 체제 유지에 큰 도움을 줄 수 있기 때문이다.

이러한 이야기는 그 누구에게서도 듣지 못한 것이었다.

'북한은 분명 변화를 해야 한다. 하지만 이런 방식으로는 누구에게도 도움이 되지 않을 텐데…….'

무력과 폭력으로는 모든 문제를 해결할 수 없었다.

"이들 조직원이 너무 치밀하게 움직이고 활동하기 때문에 뿌리를 다 제거할 수 없었습니다. 더구나 이 조직의 뒤를 봐주고 있는 인물이 당에 고위급으로 파악되고 있지만, 아직 그 실체를 밝혀내지 못했습니다."

"김평일 부장 동지도 이들에게 습격을 당한 것입니까?"

"예, 지금까지 적지 않은 당 간부들이 이들에게 피습되어 사망했습니다."

김상열의 입에서 나온 말은 정말 놀라운 이야기였다.

"음, 북한은 주민들의 통제가 완벽한 줄 알았습니다. 그 때문에라도 테러와 같은 범죄가 그다지 일어나지 않은 줄로 알았습니다."

"세상에 완벽한 것은 없습니다. 이 이야기는 장관님만 알고 계셨으면 합니다. 그리고 평양에서 이들을 전담하고 있는 특무요원들이 도착할 것입니다. 그들과 함께 더욱더 특별행정구의 안전을 도모할 것입니다."

"알겠습니다. 저는 이 사업이 진정으로 성공하기를 바라는 사람입니다. 앞으로는 아무 문제없이 사업에만 매진할 수 있게 해주십시오."

"예, 꼭 그렇게 해드리겠습니다."

김상열은 다짐하듯이 말했다.

하지만 김상열이 말했던 조직이 악어와 악어새의 공생관계처럼 북한 정권의 체제 유지를 위해서 최고위층의 인물들과 협력관계에 있다는 사실을 그도 알지 못했다.

김상열이 돌아간 후에 난 많은 생각에 빠졌다.

과연 신의주 특별행정구의 성공이 북한 주민들에게 도움을 줄 수 있는 일인가 하는 생각 때문이었다.

이 일이 오히려 김일성과 그의 아들들의 권력 유지에 힘을 보태는 것이라면…….

"휴! 정답을 찾기가 힘들구나. 하지만 이곳에 작은 변화라도 일어나지 않는다면… 그래, 어쩌면 북한 주민들은 지금보다 더 힘든 삶을 살 수밖에 없을 거야."

남북한은 체제를 달리해 살아온 날이 반세기였다. 이러한 상황에서 작은 변화라도 일어나지 않는다면 점점 더 남북한은 서로 함께할 기회를 놓칠 수 있었다.

더구나 중국의 힘과 경제적인 영향력이 커지는 시간이 오게 되면 남북한은 서로가 원한다 해도 중국과 주변 강국들의 이익 때문에 원하는 결과를 이루어낼 수 없었다.

"그래, 북한이 중국 경제에 종속되는 순간 백두산과 북간도 일대를 되찾는 것은 물 건너간 이야기가 되겠지……."

누구에게도 말을 하지 않았지만, 난 간도협약으로 일제가 중국에 넘겨주었던 북간도를 되찾고 싶었다.

그렇기 위해서는 북한 체제는 변해야 하고, 경제적으로도 성장해야만 했다.

*　　*　　*

기다리던 코사크의 경비대와 함께 날 경호할 요원들이 도착했다.

일차적으로 파견된 경비대는 35명이었고, 경호 요원은 열 명이었다. 앞으로 60명의 인원이 추가로 더 파견될 예정이었다.

또한 대원들이 사용을 하는 일곱 대의 특수차량도 들여왔다.

넓은 특별행정구 내를 순찰하려면 차량은 필수였다.

미국의 험비와 비슷한 특수차량은 차체 모두가 방탄이었고, 차량 지붕에는 개량된 PKM—기관총까지 장착되었다.

경비대원들 모두 방탄복과 함께 특수부대에서 사용하는 최신형 개인 화기로 무장한 상태였다.

이들이 갖춘 장비와 모습은 신의주 특별행정구역의 경비를 맡은 북한군과 확연히 차이가 났다.

책임자로는 내가 모스크바에서 처음 인연을 맺었던 일린이었다.

코사크의 탄생에도 깊이 관여했던 일린은 이제 코사크에서도 중요한 위치를 차지하고 있었다.

"자네가 오니까, 이제 걱정하지 않아도 되겠어."

"예, 이곳의 안전은 제가 책임지겠습니다. 이번에 새롭게 선발된 인원들은 실전 경험도 풍부합니다."

일린의 말처럼, 이곳으로 파견된 인원들 3분의 2가 새로운 인물이었다.

이들 모두 아프가니스탄과 아프리카 나라들에서 벌어졌던 여러 내전에 참전한 경험이 있는 노련한 인물들이었다.

실제 생사를 다투는 전투를 직접 경험해 본 인물과 그렇지 못한 인물은 돌발적인 상황이 발생했을 때 그 차이가 확연히 드러난다.

"새로운 친구들과 인사를 나눠볼까?"

"그러십시오."

난 일린을 앞세우고서 코사크 대원들을 맞이했다.

"일동! 차렷!"

일린의 우렁찬 목소리에 와자지껄 시끄럽던 곳이 일순간에 조용해졌다.

45명의 코사크의 대원은 일렬로 늘어섰다.

"반갑습니다. 신의주 특별행정구는 여러분의 힘이 절실히 필요한 곳입니다. 며칠 전에도 이곳에서 작지 않은 사고가 있었습니다. 이곳의 성공을 바라지 않는 자들의 테러였습니다. 이곳은 코사크뿐만 아니라 룩오일과 알로사를 비롯한 우리의 기업들이 더욱더 성장해 나갈 수 있는 발판이 될 수 있는 곳입니다. 여러분이……."

난 신의주 특별행정구가 어떤 의미를 가지는지에 대해서 설명했다.

그리고 일일이 악수를 하면서 코사크 대원들의 이름을 하나하나 머릿속에 집어넣었다.

난 나와 마주치는 회사의 사원들의 이름을 절대 잊어버

리지 않고 모두 기억하고 있었다.

내가 사원들의 이름을 기억하고 불러주었을 때 그들의 사기는 무척 드높아졌다.

누군가 내 이름을 기억하고 있다는 것은 자신의 존재감이 드러났다는 것이다. 더구나 기업 최고의 총수가 자신을 알고 있다는 것은 무척이나 기분이 좋은 일이었다.

난 먼 곳에서 온 코사크의 대원들을 위해서 특별히 준비한 음식들을 제공했다.

이들을 통해서 앞으로 신의주 특별행정구의 질서를 잡아나갈 것이다.

코사크의 활동은 다음 날부터 곧바로 시작되었다. 주요 지점마다 감시카메라와 동작감지센서가 설치되었다.

경호 팀은 내가 북한에 머물 때 외에는 경비 팀과 함께 움직였다.

이들 모두 신의주 특별행정구에서 발행하는 시민권을 가지고 있었다. 특별행정구의 시민권은 여권과 같이 자신의 신분을 증명해 주는 증명서로 북한의 어느 지역에서도 통용되었다.

또한 이 시민권이 없으면 특별행정구 내에 거주할 수가 없었다.

앞으로 신의주 특별행정구가 더욱 활성화되면 다른 나라들과도 협정을 맺을 것이다.

나는 닉스E&C의 관계자들과 함께 닉스와 명성전자의 신공장 건설 부지를 둘러보았다.

부지는 이미 정리 작업이 다 끝난 상태였다.

10만 평이 넘는 부지에 닉스와 명성전자를 비롯한 도시락 공장이 들어설 것이다.

그 뒤편 정리 작업이 한창 진행 중인 부지에는 블루오션의 연구단지와 퀄컴과의 반도체 합작 공장이 들어설 예정이다.

상당한 자금이 소요되는 일이었지만 미래를 위한 투자였고 포석이었다.

공장들이 모두 완성되면 회사들 모두가 앞으로도 상당한 경쟁력을 갖추게 된다.

도시락은 러시아와 중국은 물론 북한 내에도 라면을 공급할 예정이었고, 닉스 또한 신의주 특별행정구 내에서 생산되는 모든 신발은 전량 미국과 유럽으로 수출할 것이다.

"공장설계는 언제쯤 끝날 예정입니까?"

어제 밤늦게 신의주에 도착한 닉스E&C의 박대호 총괄이사에게 물었다.

"월말이면 설계가 모두 끝날 수 있습니다."

"직원들이 거주할 수 있는 숙소는 아파트 형태로 가는 것입니까?"

"여러 상황을 고려했을 때 그 방법이 가장 합리적인 것 같습니다. 아파트는 다른 용도로도 활용할 수 있고요."

"음, 알겠습니다. 호텔설계는 어디까지 진행되었습니까?"

압록강을 내려다보는 풍광 좋은 위치에 오성급 호텔을 건설할 예정이었다.

처음 호텔을 생각하지는 않았지만, 공사 중에 발견된 온천으로 인해서 충분히 관광객을 유치할 수 있는 여건이 되었다.

호텔 내에는 국제적인 카지노시설과 함께 호텔 주변으로 쇼핑센터와 박물관 등 볼거리를 제공할 수 있는 위락시설을 갖출 예정이다. 외국 관광객들을 충분히 유치할 수 있을 정도의 시설로서 말이다.

관광단지에는 북한 정부에서도 투자하기로 했고, 소요되는 자금의 30%를 투자하기로 했다.

"세계의 유수의 호텔과 위락시설들을 참고하고 있어서 호텔과 관련된 설계는 내년 초쯤에 마무리될 예정입니다."

"시간이 걸리더라도 철저하게 해야 합니다."

"물론입니다. 최고의 시설을 갖출 수 있도록 할 것입니다."

"신의주 특별행정구의 모든 시설들이 완성되어 움직이게 되면 남북한은 물론이고 중국과 러시아 등 주변 국가에 큰 변화를 일으킬 것입니다. 그 변화 속에서 닉스E&C는 물론이고 이곳에 입주한 기업들의 성장은 눈부실 정도로 달라질 것입니다."

난 신의주 특별행정구가 반드시 성공할 것이라는 확신이 있었다.

특별행정구는 러시아에서 들여오는 천연자원을 바탕으로 남한 자본과 기술, 그리고 북한의 저렴한 인력이라는 삼박자가 어우러지는 곳이다.

또한 러시아와 중국의 송유관에 대한 협의가 끝나는 대로 난 이곳에 정유공장까지 세울 계획을 세우고 있었다.

*   *   *

신의주에 머무는 동안 김평일에 대한 정확한 소식을 전해 듣지는 못했다.

간헐적으로 들려오는 소식으로는 목숨이 위태로운 상황은 아니라는 것이었다.

북한 당국은 김평일의 일신상 문제와 상관없이 신의주 특별행정구의 개발에 대해서 한층 더 적극적인 자세로 나왔고, 지원을 아끼지 않았다.

북한 내에서 생산되는 모든 물자가 마치 신의주 특별행정구로 모여들고 있는 느낌이 들 정도였다.

신의주 특별행정구역에 조성되는 국제적인 형태의 공업, 상업, 무역, 금융, 관광 지역에 대한 투자도 점차 늘어나고 있었다.

한국 기업은 물론이고 일본과 대만 기업에서도 공업 지역에 대한 투자에 대한 구체적으로 문의가 이어지고 있었지만, 우선적인 계약 대상은 국내 기업들과 해외 동포들이 운영하는 기업들이었다.

상업지구와 무역, 그리고 관광 지역은 국내 기업과 해외 기업에도 동등하게 열려 있었다.

금융에 관련된 부분은 독점적으로 소빈뱅크가 맡기로 되어 있었다.

신의주 특별행정구에 들어오는 자금과 나가는 자금 모두 소빈뱅크를 통해야만 했다. 국내외 기업들이 종업원에게 월급을 주기 위해 송금하거나, 특별행정구 내에서 만들어진 물건을 국내외로 수출하거나 수입할 때에도 소빈뱅크를 거쳐야만 했다.

이러한 중계 수수료만 해도 소빈뱅크에서 발생하는 수수료는 장난이 아니게 될 것이다.

소빈뱅크에서는 또한 특별행정구 내에서 사업을 하는 회사들에게 기업자금을 대출하는 일도 병행하게 된다.

소빈뱅크에 대한 독점적인 지위에 대해 이의를 제기하는 기업이나 사람은 없었고, 소빈뱅크가 내 소유라는 것을 알지도 못했다.

소빈뱅크의 독점적 지위는 신의주 특별행정구의 장관인 나와 소빈뱅크와의 계약을 통해서 이루어진 결과물이기 때문이다.

지금은 특별행정구역의 부지 정리와 도로 개설 등 기초적인 작업들만 하고 있어서 앞으로 파생되는 엄청난 금융적인 이익을 계산하는 기업이나 사람은 아직 없었다.

고무적인 것은 신의주 특별행정구에서 벌어지는 공사로 인해 신의주 지역 일대의 경기가 살아나고 있다는 점이었다.

신의주시에도 이전에는 볼 수 없는 음식점들과 상점들이 늘어나고 있었다.

북한의 건설 인력들에게 지급되는 월급은 북한 당국이 일제 간섭을 하지 않았다.

그것이 신의주 특별행정구 개발에 관한 계약 중 하나였다.

근로자의 월급은 달러로 지급되었고, 달러는 러시아와 같이 북한에서 큰 대접을 받는 돈이었다.

급여를 받은 수천 명의 북한 근로자가 신의주시와 그 일대에서 돈을 풀자 사람들이 모여드는 상황이었다.

더구나 서서히 북한의 장마당(농민시장)이 활성화되고 있는 상황에서 물자와 사람이 모여들자 장사를 하는 북한 상인들도 대거 신의주시로 몰려들고 있었다.

한편으로는 근로자들에게 공급하기 위해 남한에서 가져간 상품들이 장마당에서도 팔리기 시작했다.

장마당이 커지고 활성화되자 중국에서도 상인들이 넘어와 상품을 거래하기 시작했다.

의도적인 것은 아니었지만, 신의주의 일대는 북한의 다른 지역보다도 더욱 활발한 경제활동이 이루어지고 있었다.

북한의 부족한 전력난도 신의주에서는 통용되는 말이 아니었다. 신의주 특별행정구에는 우선하여 전력 공급이 이루어졌고, 그 혜택이 신의주시까지 연결되었다.

"사람들이 정말 많이 늘어난 것 같습니다."

신의주시의 위치한 장급 여관을 개조하여 만든 숙소 겸 사무실에 머물고 있었다.

200평 정도 되는 대지에 100년 된 느티나무와 은행나무들이 건물을 둘러싸고 있어 고적하고 한적한 느낌마저 들게 하는 곳이었다.

"처음 올 때하고는 많이 달라졌습니다. 장사를 하기 위해 외지인들이 많이 유입되었습니다."

이태원 차장이 결재할 서류를 가지고 날 찾아왔다.

"신의주 특별행정구가 완공되어 활성화되면 신의주시도 눈부시게 발전할 것입니다. 그러면 이곳에서 살아가는 주민들도 이전과 다른 삶을 살아갈 것입니다."

"지금도 세상이 달라졌다고 말하는 사람들이 있습니다. 이곳의 식량 사정도 몰라볼 정도로 좋아졌다고 합니다."

이태원 차장의 말처럼 신의주의 식량 사정은 작년과 비교할 수 없을 정도로 나아졌다.

북한 지역의 연속된 흉작으로 식량 공급이 어려진 상황에서도 신의주는 그러한 상황에서 벗어난 곳이었다.

"앞으로 더 발전하고 좋아질 것입니다. 머지않아 특별행정구에서 만들어진 제품과 질 좋은 상품을 사기 위해 이곳으로 중국 사람들이 몰려들 것입니다."

"예, 저도 이곳에 지내면서 그런 확신이 들었습니다."

"특별행정구가 신의주에 근접한 중국의 단둥시와 북쪽의 선양시보다도 더 빨리 발전해 나가야만 합니다. 그래야만 이곳이 동북아 물류 중심지의 역할까지 담당할 수 있습

니다."

중국의 선양은 동북아시아 최대 물류 집산지의 하나이
자, 철도교통망의 중심지였다.

시베리아횡단철도(TSR)와 한반도종단철도(TKR)뿐만 아
니라 중국횡단철도(TCR), 그리고 만주횡단철도(TMR)의 철
도를 하나로 묶는 이른바 철의 실크로드로서 문명의 교차
로 역할을 하는 곳이다.

하지만 신의주가 그 역할을 중심지로서의 한 축을 가지
고 와야만 했다.

"정말이지, 장관님이 바라보고 계시는 것이 어디까지인
지 제가 평생을 가도 따라갈 수 없을 것 같습니다. 저는 단
순하게 특별행정구를 국내 기업들의 생산 기지 역할로서만
바라보았었습니다."

"생산 기지의 역할뿐만 아니라 홍콩처럼 금융과 관광의
중심지로서도 우뚝 서야 합니다. 물론 한꺼번에 모든 걸 이
룰 수는 없습니다. 남북한의 정치적인 문제가 대두되어도
이곳은 전혀 영향을 받지 않는 곳이 되어야 합니다."

그걸 막기 위해서 소빈뱅크를 비롯한 러시아에서 운영하
는 기업들을 끌어들인 것이다.

미국과 일본은 분명 신의주 특별행정구의 역할이 커지는
것을 원치 않을 것이다. 중국도 자국의 경제에 도움이 되는

투자 유치가 신의주 특별행정구로 빠져나가는 걸 좋게 보지 않았다.

더구나 호텔에 들어서는 카지노의 설립에 중국인들이 빠져들까 봐 우려하는 모습을 드러내기도 했다.

카지노는 북한 주민이 아닌 외국인 관광객에게만 개방되는 공간이었다. 문제는 남한의 관광객들에게 출입을 허용할 것인가였다.

아직 그에 대해서 남북한의 합의가 이루어지지 않았다.

이태원 차장과 앞으로의 진행 사항들에 대한 이야기를 나눈 후 신의주시 인민위원회의 의장을 만나기 위해 숙소를 나섰다.

신의주 특별행정구에 근로자들을 공급해 주는 곳이 신의주시 인민위원회였다.

신의주시 인민위원회는 숙소에서 승용차로 5분 거리에 있었다.

내가 움직이자 코사크의 경호원과 북한의 호위 무관들이 일사불란하게 따라붙었다.

벤츠 차량에 올라타자 코사크의 특수차량과 군용 지프가 앞뒤로 총 다섯 대가 따랐다.

차량에 탄 경호 인력 모두가 중무장한 상태였고, 언제든지 총을 발사할 태세였다.

평안북도 내에서 나처럼 호위를 받는 인물은 북한의 최고위급 당 간부 외에는 아무도 없었다.

널찍한 신의주시 인민위원회에 도착하자 인민위원회의 장과 신의주시 시장이 밖으로 나와서 나를 맞이했다.

"어서 오십시오, 장관님."

"다들 모이셨습니까?"

오늘은 신의주 특별행정구에 관한 전체적인 회의를 하는 날이었다.

신의주시의 당 간부와 치안을 담당하는 군부대 고위급 인물들이 모였다.

"예, 모두 다 모였습니다."

"오늘은 많은 일을 처리해야 합니다."

"하하! 밤샐 준비를 해두었습니다."

신의주시 시장인 조용구가 웃으면서 말했다. 그는 요즘 들어 웃는 날이 많았다.

신의주 특별행정구로 인해 그의 위상과 함께 모든 경제적인 여건이 월등히 나아졌기 때문이다.

한직으로 여겨졌던 신의주시의 당 간부들은 갑작스럽게 변화된 여건에 다들 무척 만족한 상태였다.

혹시나 내 입에서 좋지 않은 이야기가 나와 다른 곳으로 떠나게 될까 봐 내 눈치를 많이 살폈고, 내가 하는 말에 적극적으로 호응했다.

신의주 특별행정구의 장관은 내 앞에 있는 인물들보다도 힘 있는 자리였다.

"하하하! 그 정도는 아닙니다."

"오늘은 강 장관님께 인사차 영주에서 8군단장도 와 있습니다."

그는 오늘 회의에 참석할 이유가 없었다. 평안북도 영주에 북한군 8군단이 배치되어 있었다.

"그런가요. 어서 들어가시죠."

그의 방문은 의외였다. 8군단을 담당하는 군단장은 현재 신의주 특별행정구와 그다지 관련이 없었다.

인민위원회에 모인 인물들 모두가 신의주시와 연관된 직역의 당 간부들이었고, 북한의 경찰인 사회안전부 책임자도 참석했다.

그중 가장 눈에 띄는 이는 8군단의 군단장인 이승범 상장(중장)이었다. 사십 대 중반으로 보이는 모습이었고 배도 나오지 않은 전형적인 야전 군인이었다.

"이승범입니다. 장관님을 직접 뵈니 듣던 것보다 대단하신 분이라는 것을 새삼 알겠습니다."

이승범 상장은 내게 손을 내밀며 말했다.

"과찬이십니다. 뵙게 되어 반갑습니다."

검게 그은 얼굴에 마주 잡은 강인한 손에서 책상에 앉아 쉬운 일만 찾는 군인이 아니라는 것이 느껴졌다.

사실 원래대로라면 신의주 특별행정구의 외곽 경비는 8군단이 담당해야만 했지만, 갑작스럽게 평양방위사령부에 속한 부대로 바뀌었다.

"시간이 되시면 회의 후에 제게 시간을 내주실 수 있겠습니까?"

"무슨 일 때문인지요?"

"여기서는 이야기하기가 좀 곤란한 말입니다."

"알겠습니다. 그럼 회의 후에 뵙기로 하지요."

이승범 상장을 뒤로하고 인민위원회에 속한 위원들과 회의를 했다.

주로 신의주 특별행정구에 공급되는 인력 문제와 제반 시설들의 공사 일정에 관한 것들이었다.

올해 말 제반 시설 공사가 마무리되면 본격적인 공사가 하나둘 진행된다.

그렇게 되면 지금보다도 더 많은 공사 인력이 필요했다.

남한에서도 건설 인력과 기술자들이 올라오지만, 북한 건설 인력들이 담당해야 할 일이 대부분이었다.

신의주 인민위원회는 북한 건설 근로자들을 공급하는 대

가로 근로자들이 받는 월급의 10%를 소개비 형태로 가져갔다.

그나마 합리적인 형태로 인민위원회는 그 돈으로 신의주 특별행정구와 연관된 일의 경비로 사용했다.

또한 신의주 특별행정구에서 나오는 토지 사용료의 일정 부분이 인민위원회로 들어가 신의주 특별행정구의 제반 시설 관리 비용으로 재투자되었다.

전적으로 신의주 특별행정구에서 나오는 자금은 우선적으로 신의주와 특별행정구에 연관된 일에만 투자되게끔 되어 있었다.

회의를 마치고 나오자 이승범 상장은 자신이 타고 온 차량에서 나를 기다리고 있었다.

"조용한 데로 가실까요?"

"예, 그게 좋겠습니다. 한데 호위 무관들을 대동하실 거면 차라리 저쪽에 나 있는 오솔길을 걸으면서 이야기하시지요."

그는 나를 경호하는 북한군 호위 무관들을 보며 말했다. 뭔가 꺼림칙한 표정이었다.

이승범 상장이 가리킨 곳은 산책하기 좋게끔 이어진 길이었다.

"그러시지요. 그럼 제 경호원들만 대동하겠습니다."

"예, 좋습니다."

난 코사크의 경호원들과 티토브 정만을 대동한 채 이승범 상장과 오솔길을 걸었다.

경호원들은 5m 정도 뒤에서 나를 따라왔다.

아직은 신의주 특별행정구에서 나를 습격했던 미지의 인물이 한 말처럼 다시 나타나지 않았다.

나를 경호하는 코사크의 경호 요원들과 북한의 호위 무관들 때문에 기회를 잡지 못했을지도 모른다.

미지의 인물로 인해서 송 관장과 김만철, 티토브 정, 그리고 박용서가 받은 충격은 대단했다.

그들 모두가 자신들이 가지고 있던 무력에 대한 부족함을 느끼게 한 사건이기도 했다.

그 때문인지 네 사람은 시간이 될 때마다 함께 모여 자신들이 가진 무공의 지식에 관해서 심도 있는 토론을 벌였다.

미지의 사내를 꺾기 위해서…….

어느 정도 오소길을 걸어 들어가자 이승범 상장이 입을 열었다.

"단도직입적으로 말씀드리겠습니다. 장관님을 습격했던 이는 김정일 당비서의 지시를 받은 인물입니다. 또한 지금 신의주 특별행정구의 외곽 경비를 맡은 평양방위사령부 소속의 차량보병여단은 김정일 당비서에게 전적으로 충성하는 부대입니다."

　이승범 상장의 입에서 충격적인 말이 흘러나왔다.

Chapter 2

　믿기 힘든 말이었다. 난 북한을 방문하면서 김정일과 좋지 않은 관계를 맺은 적이 없었다.

　아니, 그렇다고 해도 날 죽이려는 행위는 지금 북한 당국이 나에게 적극적으로 협조하는 일과는 완전히 배치되는 사항이었다.

　"그 말이 사실입니까?"

　"예, 확실한 정보를 바탕으로 말씀드리는 것입니다. 사실 신의주 특별행정구의 경비를 저희 쪽에서 맡기로 했었습니다. 그런데 갑자기 김평일 부장 동지께서 피습을 당한 후에 느닷없이 평방사(평양방위사령부)의 병력이 올라왔습니다."

'음, 누구의 말이 옳은 걸까? 평방사의 김상열 대좌는 적극적으로 나에게 협조를 했는데……'

"한데 이 사실을 저에게 말씀하신 이유가 무엇입니까?"

"전 김정일 당비서가 다시금 권력을 잡는 걸 원치 않습니다."

북한에서는 이렇게 노골적으로 김정일을 반대하는 말을 하게 되면 그걸로 끝이었다.

그 사람의 위치나 지위가 어떻게 되든 간에 말이다.

"그럼 김평일 부장 동지를 지지하시는 것입니까?"

"그것도 아닙니다. 전 권력의 세습을 반대하는 사람입니다."

순간 내 귀를 의심했다.

김일성에서 그의 아들들로의 권력 세습은 북한 주민들은 당연한 것으로 받아들였다.

더구나 사상 검증이 끝난 북한군 군단장의 입에서 이런 말을 듣는다는 것이 놀라웠다.

"하하! 제가 지금 잘못 들은 것은 아니겠지요?"

"물론입니다. 저는 북한이 러시아나 동유럽처럼 바뀌어야 한다고 생각합니다. 이대로는 이 땅에 살아가는 인민들이 불행할 뿐입니다."

"이런 이야기를 함부로 하시면 큰일 나는 것 아닙니까?"

"하하하! 그러니까 장관님에게만 제 속내를 드러내는 것입니다. 제 휘하에 있는 친구들도 몇몇을 빼고는 이런 말을 할 수 없지요."

이승범 상장은 당연하다는 듯이 말했다.

"저는 북한의 군 장성들 모두가 상당히 보수적이고 강성한 성향을 가졌다고 생각했습니다. 이승범 군단장께서 이렇게까지 사고가 열려 있는 분인 줄 몰랐습니다."

"하하! 제가 이래 봬도 모스크바와 동베를린에서 공부한 사람입니다."

이승범 상장의 말에 그의 성향을 조금은 이해를 할 수 있었다.

그는 북한 내에서만 머문 인물이 아니었다.

"아! 그러셨군요. 제가 미처 몰라봐서 죄송합니다."

"하하하! 아닙니다. 저는 신의주 특별행정구의 성공을 정말 기대하고 있습니다."

"감사합니다. 특별행정구는 반드시 성공해야만 합니다. 그래야만 이 땅에 살아가는 사람들 모두가 더욱 당당하고 행복하게 살아갈 수 있는 터전을 만들 수 있습니다."

"그러기 위해서는 잘못된 것을 돌려놔야 합니다."

"어떤 걸 말입니까?"

"우선 평방사의 병력을 평양으로 돌려보내야 합니다. 그들은 특별행정구의 보호가 아닌 감시의 목적으로 파견된 것입니다."

"그들을 믿을 수 없다는 말씀입니까?"

"김정일 당비서가 살아 있는 한 당연히 그들을 믿어서는 안 됩니다."

"그럼 이승범 군단장님을 믿어야 하나요?"

"예, 저는 믿을 만한 사람입니다. 제 휘하의 병력이 신의주 특별행정구의 경비를 맡았으면 강 장관님께서는 피습을 당하지 않았을 것입니다."

이승범은 자신감 있는 말투로 말했다.

왠지 그가 하는 말이 거짓으로 들리지 않았다. 그는 자신이 위험에 빠질 수 있는 말도 서슴없이 내게 내뱉었다.

"그럼 경비를 맡은 평방사 병력과 습격자가 내통이라도 한 것이라는 말입니까?"

"물론입니다. 장관님을 습격한 인물과 특별행정구에서 벌어졌던 폭발 사건을 일으킨 인물 중 단 한 명도 검거하지 못했습니다. 넓은 개활지인 곳에서 아무도 범인을 보지 못했다는 것은 의심할 수밖에 없는 일입니다. 더구나 그 일이 있었던 후에 곧바로 평방사의 병력이 기다렸다는 듯이 추가로 배치되지 않았습니까."

이승범 상장의 말처럼 단 하루 만에 1개 대대 병력이 추가로 배치되었다.

500명 넘어서는 병력이 즉각적으로 이동했다는 것은 사전에 준비를 다 하고 있었다는 말이었다.

'음, 내가 거기까지 생각을 못 했구나. 만약 김정일의 지시에 따라서 무력으로 밀고 들어오면……'

충분히 가능한 시나리오였다.

신의주 특별행정구역 내에 여러 가지 사건과 테러를 일으키고 그것을 막는다는 이유를 대며 특별행정구역 내에 군대를 주둔시킬 수 있었다.

코사크의 경비대로는 신의주 일대에 주둔한 2천 명에 달하는 평방사 병력을 막을 수 없었다.

"평방사의 병력을 늘린 이유가 특별행정구의 감시 목적뿐만 아니라 다른 목적을 가질 수도 있다는 뜻입니까?"

"잘 보셨습니다. 김정일 당비서는 어떤 일도 벌일 수 있는 사람입니다. 김평일 부장 동지와의 권력 싸움은 아직 끝난 게 아니니까요. 최후의 수단으로 평방사의 병력으로 특별행정구역을 강제 점거할 수도 있습니다."

특별행정구역이 문제가 되면 김평일의 정치적인 생명도 오래갈 수 없었다. 또한 국제적인 신망을 쌓고 있는 신의주 특별행정구의 역할도 그것으로 끝날 수 있다.

국제 협약을 무시하는 북한의 행동을 믿고 투자할 나라나 기업은 없었다.

"생각해 보니 너무 과도한 병력이 특별행정구역의 경비를 담당하는 것 같았습니다. 어떻게 해야 합니까?"

병력이 늘어나고 경비가 심해지자 공사 자재와 물자를 공급하는 차량의 움직임에 제약이 많아졌다.

그러다 보니 진행되는 공사도 이전보다 시간이 더 소요되고 있었다.

더구나 이승범 상장의 말처럼, 정상적인 명령 체계가 아닌 김정일에 명령에 따라 평방사의 병력이 맹목적으로 움직이면 모든 게 끝이었다.

"평양으로 가서서 김평일 부장 동지를 만나셔야 합니다. 원래대로 경비대를 저희 쪽으로 바꾸기 위해서는 말입니다."

"김평일 부장 동지가 있는 곳을 알고 계십니까?"

"저는 알지 못합니다. 하지만 김평일 부장 동지의 동생인 김영일 국제부장 동지는 알고 있을 것입니다. 현재 추가적인 위협에 대비하기 위해서 누구에게도 머무는 위치를 말하지 않고 있다 합니다."

'평양으로 들어가야 한단 말인데…….'

"무슨 말씀인지 알겠습니다. 내일이라도 평양으로 가야겠군요."

"평방사의 인물들에게는 평양 방문 목적을 절대 알리지 마십시오."

'음, 생각보다 권력 다툼이 심각한 모양새인데…….'

"그렇게 하겠습니다."

이승범 상장과 헤어진 후 나는 곧장 평양으로 들어가는 방법을 찾았다.

이승범 상장과 나누었던 이야기를 나와 함께하고 있는 송 관장을 비롯한 세 사람에게 전했다.

신의주에서 평양으로는 가는 방법으로는 항공과 철도가 가장 빨랐지만 두 가지 다 김정일을 지지하는 세력에게 노출될 것이 뻔했다. 육로는 자칫 나를 노리는 조직에게 습격을 당할 수도 있었다.

방법은 하나였다.

인천과 신의주를 연결하는 배를 이용하여 남포항을 통해서 평양으로 들어가는 것이다.

"단출하게 평양을 방문했던 김 차장님만 함께 가죠. 나머지는 이곳에 계시는 것이 좋을 것 같습니다."

김만철과 함께 가려는 이유는 그가 평양 지리를 잘 알고 있을 뿐만 아니라 도움받을 수 있는 인물들을 알고 있기 때문이었다.

"그럼, 너무 위험하지 않겠어?"

송 관장이 걱정스러운 눈빛을 보내며 말했다.

"제가 이곳을 떠나지 않는 거로 하려면 그 방법이 가장 좋습니다. 그래야만 이들의 이목을 속일 수 있습니다."

날 경호하는 인물들과 함께 몸이 안 좋다는 핑계를 대면서 숙소에 머물러 있으면 한동안 다른 사람들을 속일 수 있었다.

"음, 그것도 틀린 말은 아닙니다. 대표님의 감시와 특별행정구를 목적으로 평방사의 병력이 배치되었다면 정상적인 방법으로는 이동이 노출될 수 있습니다."

티토브 정은 나의 방법에 찬성했다.

더구나 인천과 신의주를 오가는 배에는 북한인이 단 한 사람도 없었기 때문에 위험도 적었다.

북한이 제공하는 이동 수단을 이용할 때는 낯선 인물들 모두를 경계해야만 했다.

"김정일이 정말 신의주 특별행정구를 망치려고 들까요? 자신들도 큰 손해일 텐데."

박용서가 이해가 되지 않는다는 듯이 물었다.

북한 당국에도 특별행정구 내외의 제반 시설을 정비하

거나 추가로 설치하기 위해서 상당한 자금이 들어간 상태였다.

만약 군사적인 행동으로 특별행정구가 원활하게 돌아가지 않는다면 북한도 상당한 피해를 보는 입장이었다.

그것보다 더 큰 피해는 앞으로 절대로 남한 기업을 비롯한 외국과의 대규모 합작은 절대 할 수 없을 것이다.

달리 말하면 북한에 누구도 다시는 투자하지 않는다는 말이었다.

"권력 때문입니다. 올바르지 못한 권력은 사람의 눈을 멀게 하고 귀를 막게 합니다. 그리고 더 나아가 생각마저 병들게 합니다. 비뚤어진 권력은 자신의 영향력을 증대시키고자 하는 욕망일 뿐입니다. 진정한 대의와 과업 성취에 대한 올바른 권력이 아니라는 말이지요."

"하하하! 우리 태수가 이렇게나 똑똑한지 몰랐네."

송 관장은 나의 말에 크게 웃으면서 말했다.

"그럼, 형님만 모르신 거예요. 저희는 대표님의 이러한 모습 때문에 따르는 것입니다."

김만철이 송 관장을 핀잔하듯이 말했다.

"하하! 그랬나. 사실 내가 생각했던 것보다 태수가 더 큰 그릇이라는 걸 이곳에 와서 느끼고 있다. 잘은 모르겠지만, 신의주 특별행정구가 잘되면 남북한 모두에게 큰 이익이라는 것쯤은 알아. 이곳은 우리가 알아서 잘 처리할 테니 김평일을 만나서 문제를 잘 해결하고 와라."

송 관장의 말에 왠지 힘이 났다. 그는 나를 언제나 지지했고 믿어주었다.

"예, 믿고 가겠습니다. 이틀 정도면 김평일을 만날 수 있을 것입니다. 만약 제가 연락이 되지 않으면 안기부의 박영철 차장에게 연락을 취하십시오. 이게 전화번호입니다."

나는 송 관장에게 박영철 차장의 연락처를 건넸다.

"그런 일은 없어야지. 만철이가 태수를 잘 도와야 해."

송 관장은 김만철을 보며 말했다.

"걱정하지 마십시오. 제가 목숨을 걸고 대표님을 지키겠습니다."

"하하! 누가 들으면 전쟁터에 나가는 줄 알겠습니다."

"여긴 전쟁터나 다름없어. 기회가 생기면 어떻게든 서로를 물어뜯으려고 하잖아. 하여간 네 몸은 너 혼자의 것이 아니라는 걸 항상 기억해야 해."

송 관장의 말을 난 잘 이해하고 있었다. 나를 믿고 의지하고 있는 수많은 사람을 위해서라도 말이다.

"예, 항상 주지하고 있습니다."

"오늘 밤이라고 했지?"

"예, 밤 10시에 인천으로 떠나는 배에 오를 것입니다."

인천으로 출발하는 배를 통해 귀국하는 대우건설의 직원으로 위장해 배를 탈 예정이다.

대우건설 직원은 나와 비슷한 용모를 가지고 있었다.

지휘 체계의 일관성을 들먹이며 나를 경호하던 호위 무관들을 다 돌려보내고는 코사크의 대원들을 추가로 숙소에 배치했다.

우리는 호위 무관들이 철수할 때를 이용해 숙소를 나와 직원들이 이용하는 차량을 타고서 신의주항으로 이동했다.

신의주항은 늦은 밤에도 불이 환하게 켜져 있었고 많은 사람들이 수송된 건설 자재와 장비를 옮기고 있었다.

난 숙소를 떠나기 전에 신의주항의 경비를 맡고 있는 평방사의 병력을 항구 외각으로 돌렸고, 항구는 추가로 도착한 코사크 경비 요원들로 교체했다.

신의주항의 관리도 특별행정구에서 맡고 있기 때문에 가능한 일이었다.

배에 오르는 일은 어렵지 않았다. 신의주시에서 항구를 관리하는 북한 직원들이 나와 있었지만, 그들은 내 얼굴을 알지 못했다.

형식적으로 신분증을 확인하고 방문증에 도장을 찍었다.

배는 무사히 신의주항을 떠났다.

8시간의 항해 후 배가 남포항에서 얼마 떨어지지 않은 해상을 지날 때 북한의 경비정이 접근했다.

경비정은 이승범 상장과 연관된 북한 해군의 함정이었고, 나와 김만철을 남포항에 내려주기 위해서였다.

아무런 이유 없이 신의주와 인천을 오가는 화물선이 남포항으로 들어갈 수는 없었다.

경비정의 함장은 나와 김만철에 대해 아무것도 묻지 않은 채 우리를 남포항까지 무사히 태워다 주었다.

남포항에서는 우리를 평양으로 태워다 줄 화물차가 기다리고 있었다.

화물차를 타고서 평양으로 향하는 동안 우리를 검문하거나 이상하게 여기는 사람이 없었다.

북한에서의 이동의 제약이 심하다는 이야기를 들었지만 허술한 면도 많다는 것을 새삼 알게 되었다.

평양에 도착한 우리는 곧장 김평일의 동생 김영일이 근무하는 외무성으로 향했다.

외무성으로 들어서자마자 안내원으로 보이는 인물이 우리에게 접근하며 말을 붙였다.

"어떻게 오셨습니까?"

"김영일 국제부장 동지를 만나러 왔습니다."

나의 말에 안내원의 표정이 순간 굳어지는 것이 보였다.

사실 외무성까지 이렇게나 쉽게 접근할 것이라고는 생각지 못했다.

하지만 지금 안내원의 표정으로 보아 일이 쉽게 풀리지 않을 것 같다는 생각이 들었다.

'호랑이 굴에 들어왔으니…….'

"여기서 잠시만 기다리십시오."

안내원은 전화가 있는 곳으로 향하려고 몸을 돌려 걸어가다가 다시금 몸을 돌렸다.

"누구라고 전해드릴까요?"

내 신상에 대해서 전혀 묻지 않은 것이다.

"신의주 특별행정구 장관 강태수라고 합니다."

"예, 누구……."

20대 중반으로 보이는 여자 안내원은 신의주 특별행정구에 관해서 모르는 것 같았다.

그때 내 이야기를 들은 한 인물이 나에게로 다가왔다.

30대 중반 정도로 보이는 사내로 북한에서 보기 드물게 세련된 옷차림을 하고 있었다.

"강태수 장관님, 기다리고 있었습니다. 이리로 가시지요. 제가 안내할 테니 동무는 일보시오."

처음 보는 인물이 마치 날 아는 것처럼 반갑게 맞이했다.

"예, 알겠습니다."

안내원은 사내의 말에 원래의 자리로 돌아갔다.

"누구신지요?"

난 조심스럽게 물었다.

"저리로 가서 말씀드리겠습니다."

이끄는 대로 로비에서 벗어나 사람들이 없는 곳으로 향했다.

"저는 김영일 국제부장 동지와 함께 일하는 박준수라고 합니다. 베를린에서도 부장 동지와 함께했습니다."

김영일은 독일 주재 북한대표부 과학 참사로 북한을 떠나 있었다.

그도 김평일처럼 김정일의 견제로 쫓겨나다시피 독일로 떠난 것이다.

'김평일도 감시와 견제가 심해서 불가리아에서 친구 하나 사귀지 못했다고 했는데… 김영일도 마찬가지 아닐까? 한데 이 친구는…….'

김평일이 나에게 했던 말이었다.

김정일에게 곁가지라고 불리면서 철저한 감시와 견제를 받았다. 그의 형이 그랬기 때문에 동생도 같은 입장이었다.

유럽에 있어도 형제끼리 만나지도 못했다. 아니, 만날 수가 없었다.

살아남기 위해서는 김정일에게 의심을 살 만한 일을 절대 하지 말아야만 했다.

한데 앞에 있는 인물은 서슴없이 김영일과 함께했다는 말을 던졌다.

북한에 머물 때 김영일과 말을 섞거나 함께 있는 것만으로도 조직지도부의 담당 지도원에게 질책을 당했기 때문에 베를린에서도 마찬가지였다.

그와 어울리려고 하는 인물은 당연히 없었다.

"국제부장 동지와 아주 친하셨나 보죠?"

"하하! 물론입니다. 형 동생 하면서 둘도 없는 사이였습니다."

박준수는 당연하다는 듯이 웃음기가 가득한 얼굴로 말했다.

"그렇습니까. 김영일 국제부장 동지는 지금 자리에 계신가요?"

"일이 있으셔서 잠깐 자리를 비우셨습니다. 급한 일이시라면 제게 말씀하셔도 됩니다."

"아닙니다. 직접 뵙고 말씀드릴 일입니다. 김영일 부장 동지의 집무실은 몇 층입니까?"

"5층에 자리하고 있습니다. 우선 제 방으로 가서서 기다리시지요."

박준수는 나를 자신의 사무실로 데려가려고 했다.

"아닙니다. 저희가 5층으로 올라가서 김영일 부장 동지를 기다리지요."

"바쁜 분이시라 언제 오실지 알 수 없습니다. 제가 연락을 취해볼 테니, 제 사무실로 가시지요."

박준수는 재차 자신의 사무실로 나를 데려가려고 했다.

'뭔가 있군.'

"그러실 필요까지는 없습니다. 그럼 저희는 실례하겠습니다."

내 말에 박준수는 어쩔 수 없다는 듯이 길을 비켜주었다. 나와 김만철은 엘리베이터가 아닌 계단을 통해서 5층으로 향했다.

박준수의 말처럼 국제부장실은 5층에 자리 잡고 있었다.

국제부장실로 향할 때였다. 엘리베이터의 문이 활짝 열리면서 다섯 명의 인물이 급하게 내렸다.

제복을 입은 인물들은 우리를 보자마자 빠른 걸음으로 우리에게 다가왔다.

"어디서 오신 분들입니까? 출입증을 제시해 주십시오?"

미처 출입증을 발급받지 못했다.

"출입증을 발급받지 못했습니다. 우리는 김영일 국제부장 동지를 만나⋯⋯."

"체포해!"

내 말이 끝나기도 전에 말을 붙였던 인물이 외쳤다.

"난 신의주 특별행정구 장관이오."

경비원으로 보이는 인물들이 내 말에도 상관없이 나와 김만철에게 달려들었다.

김만철이 달려드는 경비원들에게 손을 쓰려고 할 때였다.

"무슨 일입니까?"

때마침 김영일이 근무하는 국제협력실에서 나온 인물이 있었다.

"외부인이 침입했다는 신고가 들어왔습니다."

"난 외부인이 아니오. 신의주 특별행정구 장관인 강태수입니다. 김영일 국제부장 동지를 만나러 왔습니다."

난 재빨리 신분증을 꺼내어 내보였다.

그러자 국제협력실에서 나온 인물이 내 신분증을 확인하기 위해 내가 있는 곳으로 걸어왔다.

"실례를 범했습니다. 이쪽으로 들어가시지요. 이분들은 우리 측 손님입니다."

신분증을 확인한 인물은 나와 김만철을 국제협력실로 안내했다.

경비원들은 우리 둘을 지켜볼 수밖에 없었다. 그들은 무척이나 아쉬워하는 모습이었다.

"잠시만 여기서 기다려주십시오."

우리 두 사람은 국제협력실 내부의 접견실로 안내되었다.

"외무성 안으로만 들어오면 끝나는 것으로 알았는데 잘못하면 큰일 날 뻔했습니다."

김만철이 조금 전의 일을 상기하면서 말했다.

"그러게 말입니다. 분명 특별행정구 장관임을 밝혔는데도 저를 붙잡으려는 모습이었습니다."

"설마 저희를 안심시키고 붙잡으려는 것은 아니겠지요."

"그럴 일은 없도록 바라야지요."

공식적인 평양 방문은 아니었지만 정말 이전과는 대접이 달랐다.

그때 접견실의 문이 열리며 한 남자가 들어왔다. 그는 다름 아닌 1층 로비에서 만났던 박준수였다.

"아니! 당신은……."

"정말 죄송합니다. 제가 김영일입니다. 강태수 장관님이 진짜인지를 확인하기 위해서였습니다."

박준수는 자신을 김영일로 소개했다. 그가 지금까지의
일을 모두 만들어내었고 국제협력실 직원을 내보내 경비원
들에게서 우리를 데려오게 한 것이다.

"믿을 수가 없습니다. 신분을 확인할 수 있게 해주십시오."

나는 믿을 수가 없었다.

"여기 제 당원증입니다."

그가 내민 당원증에는 정말 김영일이라는 이름이 적혀
있었고 내가 알고 있는 생년월일과도 같았다.

김영일은 김일성 종합대학 물리학부를 졸업한 다음 동독
으로 유학을 갔고, 북한 제2자연과학원 공학 연구소에 근무
하다가 독일로 떠났었다.

"왜 이런 일을 벌이신 겁니까?"

"다시 한 번 사과드립니다. 솔직히 강 장관님이 아무런
통보도 없이 갑작스럽게 나타나신 것에 의심이 들었습니
다. 솔직히 형님이 습격을 당한 지금은 누구도 쉽게 믿을
수 없는 상황입니다. 그래서 정확하게 확인하고 싶었습니
다."

김영일의 말은 틀리지 않았다. 갑작스럽게 나타난 내 신
분을 의심하는 것은 당연했다.

김영일은 나와 한 번도 만난 적이 없었기 때문에 더더욱

의심할 수밖에 없었다.

"그 점에 대해서는 저도 사과드립니다. 저 또한 공식적인 방문을 할 수 없었습니다. 저를 습격한 조직에게 이동 루트를 알려줄 수 없었기 때문입니다."

"그 말이 사실입니까? 장관님도 습격을 받으셨단 말입니까?"

김영일은 깜짝 놀란 표정으로 내게 물었다.

"예, 모르고 계셨습니까?"

"음, 특별행정구에서 들어온 보고서에는 전혀 그런 내용이 없었습니다."

김영일도 신의주 특별행정구에 관한 업무를 보고 있는 것 같았다. 그렇지 않다면 보고서에 관한 말을 꺼내지 않았을 것이다.

'평양은 지금 권력을 잡기 위한 복마전(伏魔殿)을 벌이고 있는 것인가?'

"제가 이렇게 갑작스럽게 온 것은 김평일 부장 동지를 만나기 위해서입니다. 지금 어디에 계십니까?"

"형님은 지금……."

그때였다.

김영일의 말이 끝나기도 전에 접견실의 문이 열리면서 김평일이 들어왔다.

"하하! 미안합니다. 저 때문에 낭패를 보신 것 같습니다."

팔을 다쳤는지 김평일의 왼팔에는 붕대가 감겨 있었다.

"어떻게 된 일입니까?"

"죄송합니다. 연락을 드리려고 했지만 여의치가 않았습니다. 강 장관님이 이곳에 오지 않으셨다면 저는 계속 병원에 있는 것으로 되어 있을 것입니다."

김평일은 공식적으로는 병원에서 계속 치료 중이었다. 그러나 그는 비밀리에 외무성 내부에 집무실을 마련해서 업무를 보고 있었다.

"그게 무슨 말씀입니까?"

그의 말을 종잡을 수 없었다.

"모든 걸 사실대로 말해야겠군요. 저는 이번 습격을 통해서 당의 지도 방향에 반기를 들고 있는 인물들을 모두 솎아내기 위해……."

김일성의 적극적인 후원을 등에 업은 김평일은 빠르게 북한을 변화시키기를 원했다.

문제는 그의 급진적인 일 처리에 반발하는 당 간부들과 군부의 인물이 많다는 것이다. 그뿐만 아니라 김정일의 측근들도 곳곳에서 자리를 잡고 있어 김평일이 진행하는 일들을 방해하고 있었다.

더구나 김평일이 군량미를 풀어 부족한 식량 배급을 처

리했던 일로 인해 군부의 반발이 심했다.

외국으로 떠나 있던 김평일의 권력 기반은 약했다.

"시간이 걸리더라도 정리를 해놓지 않으면 똑같은 일이 반복될 것입니다. 특별행정구에 평방사의 병력이 배치된 것도 저의 의사와 상관없이 진행된 일입니다. 이런 일이 다시는 일어나지 않도록 작업을 하고 있습니다."

김평일도 마음먹은 대로 안 되는 일이 있었다. 그에게 전달되는 정보가 차단될 뿐만 아니라 전혀 다른 정보가 전달돼 판단을 잘못하게끔 유도하기도 했다.

평방사의 병력이 특별행정구로 이동된 표면적인 이유는 더욱 안전하게 특별행정구를 보호하는 것이었다.

"제가 듣기로, 특별행정구에 배치된 평방사의 병력이 김정일 당비서에게 충성하는 부대라고 합니다. 혹시나 잘못된 판단을 내려서 특별행정구의 업무를 방해하지 않을까 염려됩니다."

"그 점은 저도 예의 주시하고 있습니다. 병력 배치는 제가 병원에 있을 때 결정된 상황이었습니다. 현재 아무런 문제가 없는 상황에서는 제 마음대로 병력의 주둔에 대한 것을 바꿀 수가 없습니다. 그런 권한이 아직은 제게 없습니다. 하지만 두 달 후에 열리는 중앙당위원회에서 저의 권한이 확대될 것입니다. 그때 모든 걸 바로 잡을 수 있습

니다."

김평일에게서 원하는 대답이 나오지 않았다. 권력 기반이 취약한 김평일은 현재 김정일의 지지 세력을 쳐내기 위해 동분서주하고 있었다.

당과 군부, 그리고 행정부 곳곳에 자리를 잡고 있는 김정일의 세력은 조직적으로 김평일에게 대항하고 있었다.

"그럼 위험 요소를 안고 가시겠다는 말입니까?"

언제 터질지 모르는 폭탄을 안고 갈 수는 없었다.

"한 가지 다행스러운 점은 있습니다. 이번에 새롭게 특별행정구에 배치된 평방사의 병력은 제 사람이 지휘하고 있습니다. 그 친구의 도움을 받으시길 바랍니다."

김평일의 힘이 한계가 있다는 것을 확실히 알게 되었다.

김정일이 살아 있고, 그가 권력을 잡는 동안 광범위하게 자리 잡은 그의 측근들을 쳐내는 것도 결코 쉬운 일이 아니었다.

더구나 김평일을 표면적으로는 지지하는 당 간부들 중에서도 김평일이 하는 일들을 방해하는 인물들이 적지 않았다.

"그나마 괜찮은 소식이네요. 그럼 제가 도움을 받을 수 있는 사람이 더는 없겠습니까?"

"음, 평안북도에 배치된 8군단의 군단장인 이승범 상장이 있긴 합니다만, 그의 정치적인 성향이 아직 파악되지 않았습니다."

김평일의 말을 달리 말하면 자신을 지지하는지를 확신하지 못한다는 말이었다.

"이승범 상장을 제가 한번 만나 보고 도움을 청하겠습니다. 대신 8군단의 병력도 특별행정구의 경비를 할 수 있게 해주십시오. 2천 명의 평방사 병력 중에서 우리 쪽이라 할 수 있는 500명의 병력으로는 특별행정구를 지킬 수가 없습니다."

나는 김평일에게 이승범 상장을 만난 일에 관해 이야기하지 않았다.

"알겠습니다. 그에 대해 조처를 해놓겠습니다. 하지만 이승범 상장에게 모든 걸 의지해서는 안 됩니다. 두 달이면 모든 문제를 해결할 수 있습니다."

"물론입니다. 코사크의 경비 요원들을 추가로 투입해서라도 특별행정구의 안전을 반드시 지켜낼 것입니다."

난 이번 일로 더욱더 오기가 생겼다.

신의주 특별행정구를 반드시 성공 궤도에 올려 세계의 물자, 돈, 사람, 그리고 정보과 모여드는 동북아시아의 물류 중심지로 만들어낼 것이다.

그래야만 한반도를 향해 몰려오는 일본의 파도를 넘고

중국에서 덮쳐오는 대륙의 폭풍을 막아낼 수 있다.

더 나아가 우리나라 경제 체제를 한꺼번에 변화시킨 IMF 경제 위기까지……

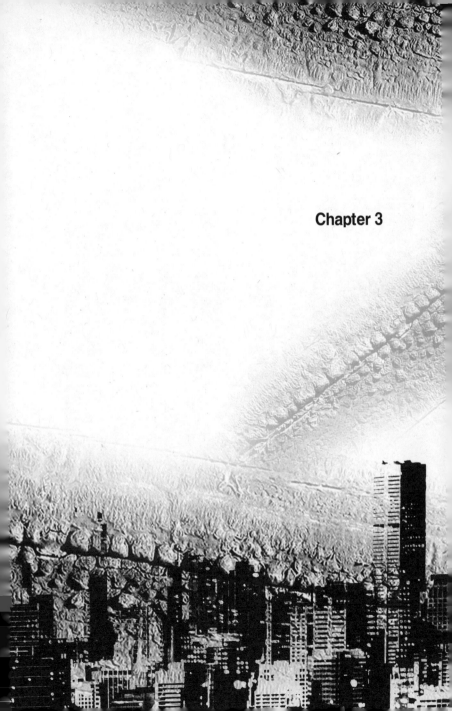

Chapter 3

　나는 평양에 오래 머물지 않았다. 평양에 머물수록 내 행적이 노출될 수 있기 때문이다.

　그날 밤 왔던 방법대로 남포항에서 배를 타고 다시 신의주로 떠났다.

　오전에 무사히 신의주항에 도착한 나는 곧바로 모스크바에 연락을 취해 코사크의 인력 충원을 지금보다 배로 늘리라는 지시를 내렸다.

　그리고 후발대 병력을 이번 주 내로 보내라는 지시도 함께했다.

현재 신의주 특별행정구에 파견된 코사크 병력은 125명이었다.

후발대로 70명의 병력이 추가되면 그나마 내부에서 시간을 끌 수 있었다.

숙소에 도착한 나는 평양에서의 일을 모두에게 전했다.

"무사히 다녀오셔서 다행입니다."

티토브 정이 반갑게 맞이해 주었다.

"예, 염려해 주신 덕분에 무사할 수 있었습니다."

"어디 아픈 곳은 없는 거지?"

송 관장도 걱정을 많이 한 것 같았다.

"물론입니다."

"김평일은 만났나?"

"예, 다행히 만날 수 있었습니다."

"뭐라고 하던가?"

"현재로서는 평방사의 병력을 교체할 수 없다고 했습니다. 두 달 후에 열리는 중앙당위원회에서 권한을 받아야지만 가능하다고 말했습니다. 아직은 김평일이 핵심 권한을 모두 장악하지는 못한 것 같습니다."

"그럼 2천 명의 병력을 우리가 상대해야 한단 말입니까?"

옆에서 내 이야기를 듣고 있던 박용서가 물었다.

"그건 아닙니다. 이번에 새롭게 추가로 배치된 병력의 대대장은 김평일의 사람이라고 합니다."

"그렇지 않아도 그 친구가 숙소로 대표님을 찾아왔었습니다. 이름이 오명수라고 했습니다."

티토브 정의 말이었다.

"음, 그렇다고 해도 1,500명의 병력은 김정일의 지시를 받는다는 이야기잖아."

송 관장이 짧은 신음성을 내며 말했다.

"예. 대신 8군단의 병력도 특별행정구를 경비할 수 있게끔 하겠다고 김평일이 약속했습니다. 그들을 통해서라도 평방사의 병력을 견제해야 합니다."

"8군단의 병력을 이용한다는 말인데… 병력이 어느 정도냐가 문제겠지. 이미 2천 명에 달하는 병력이 특별행정구를 경비하고 있는데, 추가로 배치된다고 해도 숫자가 그리 많지 않을 것 같다는 생각이 들어."

송 관장의 추측이 틀리지 않을 것이다. 나 또한 그 점이 염려되었다.

"맞는 말씀입니다. 그래서 코사크 대원들을 추가로 요청했습니다. 저들이 눈치채기 전에 최대한 내부에서 대비를 해야 할 것 같습니다."

"여기까지 와서 전투를 대비하게 될지 전혀 몰랐습니다.

이번에는 마피아들과의 싸움이 아니라서 더 걱정입니다."

김만철의 말처럼 평방사는 지금까지 전투를 벌였던 마피아들과는 전혀 다르게 전쟁을 위해 잘 훈련된 정예였다.

"분명 저들의 목표가 저와 특별행정구이란 걸 알게 된 이상 이대로 앉아서 기다릴 수는 없습니다."

"물론이야. 두 달 동안은 어떻게든 막아내야지."

송 관장의 말처럼 김평일의 권력이 확장되는 두 달 후까지 김정일의 지지 세력이 어떤 음모를 펼치더라도 굳건하게 특별행정구를 지켜야만 했다.

*   *   *

처음 마주한 오명수 상좌는 키가 그리 크지 않았지만, 상당히 다부진 모습이었다. 그는 김평일이 인민무력부 작전국 부국장을 맡았을 때 인연을 맺은 인물이었다.

"김평일 부장 동지에게서 이야기를 들었습니다. 특별행정구의 중요성은 제가 말하지 않아도 잘 알고 계시라 생각됩니다."

"예, 이곳이 성공해야만 인민들이 지금보다 나은 생활을 할 수 있다고 들었습니다. 저도 그렇게 믿고 있습니다."

오명수는 김일성군사종합대학을 졸업한 인재였다.

김일성군사종합대학은 북한에서 최고의 권위를 가진 종합군사학교이다. 5년이 필요한 정규 과정 외에 1년이 걸리는 단기 교육 과정도 있다.

정규 과정은 육해공 3군에서 선발된 대위 이상의 고급 장교들을 대상으로 이뤄진다. 북한 군부의 주요 인사들은 대부분 이 과정을 거쳤다.

"김평일 부장 동지와 연계된 인물은 대부분 좌천되거나 숙청되었다고 들었습니다. 한데 오명수 상좌께서는 자리를 용케 보전하셨습니다."

나는 그의 사람됨을 알기 위해서 노골적인 말을 던졌다. 김평일 북한에서 쫓겨나다시피 불가리아로 떠나자 그와 조금이라도 연관되었던 인물들은 된서리를 맞았었다.

김정일은 철저하게 김평일의 사람들을 당과 군부에서 철저하게 뽑아내어 버렸다.

"김평일 부장 동지가 내년까지 돌아오지 않았다면 저는 김정일 당비서에게 충성하려고 했습니다. 또한 겉으로 드러나는 모습도 그렇게 행동했습니다. 그게 김평일 부장 동지와의 약속이었습니다. 저와 김평일 부장 동지와의 관계는 강 장관님 외에는 아무도 알지 못합니다."

감정이 실리지 않은 오명수의 대답에서 전형적인 군인의 느낌이 났다.

"그렇군요. 저는 지금 무척 고심 중입니다. 지금은 태풍의 눈에 들어온 것처럼 잠잠하지만, 언제 태풍이 몰아칠지 모르는 형국입니다. 분명 특별행정구를 방해하는 움직임이 있을 것이니까요."

"차라리 선제 타격으로 나가시는 것이 어떻습니까?"

"확실한 증거 없이 싸움을 벌일 수는 없습니다. 가장 좋은 것은 특별행정구에서 전투가 벌어지지 않는 것입니다. 국내는 물론이고 해외에서도 이곳을 주시하고 있습니다. 특별행정구에서 폭탄이 터지고 총알이 날아다니는 소식이 언론에 전해지면 이곳에 투자하려는 기업들도 생각을 달리할 수 있습니다."

"제가 거기까지 미처 생각을 못 했습니다."

"아닙니다. 저도 마음 같아서는 오명수 상좌님이 말씀하신 것처럼 생각한 적이 있으니까요. 시간이 촉박하지만 좋은 방법을 한번 연구해 보도록 하시지요."

"알겠습니다. 저도 나름대로 방법을 찾아보겠습니다."

오명수 상좌가 돌아간 후 평양에서 연락을 해왔다. 8군단의 병력 배치를 허락했지만 1개 중대 병력뿐이었다.

이미 배치된 병력도 충분하며, 신의주에 병력이 집중되면 중국을 자극할 수 있다는 이유였다.

많아야 100여 명뿐인 8군단 산하의 중대 병력은 크게 도움을 줄 수 없었다.

대책을 협의하기 위해 나는 8군단장인 이승범 상장을 만났다.

"평양까지 가서 김평일 부장 동지를 만났는데도 이런 결과가 나왔습니다."

"김평일 부장 동지는 인민무력부 산하의 총정치국과 보위사령부를 아직 장악하지 못했습니다. 더구나 총참모부에도 김정일 당비서를 지지하는 세력이 상당합니다. 먼저 김평일 부장 동지가 총정치국과 보위사령부를 장악해야만 지금의 사태를 막아낼 힘이 생깁니다."

총정치국은 조선로동당의 군 통제를 위해 조직된 정치기관으로 군의 당 조직과 정치사상사업을 관장하고 있다.

군내 막강한 권한을 행사하는 주요 기관들도 최종적으로 정치부의 통제를 받을 정도로 북한군 내에서 총정치국의 위상과 권한은 절대적이다.

총정치국은 군을 직접 통제하는 노동당의 집행 기구이며, 형식상 인민무력부 예하 조직으로 돼 있으나 실제로는 당중앙위원회 지도 아래에 있다.

총정치국의 부서 조직에는 조직부, 선전부, 청년사업 · 교육부, 공장당사업부, 검열위원회 등이 있으며, 북한군 정치 사상 교육으로부터 한국군에 대한 공작 업무까지 다양한 임무를 수행한다.

"군부를 확실하게 장악하지 못했다는 말이군요."

"그렇습니다. 보위사령부와 총정치국은 아직 김정일 당비서의 측근들이 장악하고 있다고 보면 됩니다. 보위사령부는……."

보위사령부는 국가안전보위부, 사회안전부와 함께 북한의 3대 정보·사찰 기관 중 하나다.

군을 정치적으로 감시하고 통제하는 기관이며, 국군의 기무사령부와 유사하다.

북한군 보위사령부에는 기본 임무를 수행하는 13개 부서가 있고, 보위사령부의 기능을 수행하는 핵심 부서는 11개 부서다. 이 부서들은 북한군 내 각급 단위 부대에 조직돼 있는 보위 기관들을 행정적으로 지휘·장악·통제하고 있다.

특징적인 부서로는 간첩과 반당·반혁명 분자를 색출하는 2부(수사부)와 탈영과 군사 물자의 절취·횡령 등 군 관련 범죄를 맡는 4부(감찰부)가 있으며, 오랫동안 행방이 묘연한 범죄자를 추적하는 6부(미행부), 장령(장군)들의 자택과 주요 호텔 전화를 도청하는 7부(기술부) 등이다.

정치부는 보위사령부 요원들의 사상을 통제하는 곳으로 보위사령부 내의 핵심 부서다.

북한군의 모든 부대에는 보위군관 또는 이들의 비밀 정보원이 활동하고 있다. 군단과 사단 보위부의 경우 군단장과 사단장의 일거수일투족을 파악하며, 특히 김일성과 김정일에 반하는 활동에 대해 중점적으로 내사한다.

"더구나 김평일 부장 동지를 지지하는 인물들이 있는 총참모부는 실질적으로 군사작전을 지휘하는 육군, 해군, 공군 3군의 종합 군사 작전 계획을 지휘, 통솔하는 군령권을 행사하지만, 전쟁이 아닌 평시에는 그다지 힘을 쓰지 못합니다."

이승범 상장의 말에 지금 흘러가는 북한 군부의 형태를 조금이나마 파악할 수 있었다.

특히나 쓰러지기 전까지 군부에 크게 신경을 썼던 김정일이었기에 북한 군부 내의 지지 세력이 상당했다.

"그렇다면 지금의 전력으로는 막아낼 수 없지 않습니까? 1개 중대 병력이 추가된다고 해도 말입니다."

"물론 그렇습니다. 하지만 명령문에는 1개 중대라는 말만 있었지, 어떤 부대라는 말은 없었습니다. 그래서 전차중대를 보낼 것입니다."

북한군 전차중대는 세 대의 전차로 구성된 소대 세 개에 중대장용 전차를 합해 열 대로 구성된다.

이승범 상장이 보내려는 전차중대는 T-62 전차를 운용하고 있었다.

열 대의 전차는 일반 보병사단에게는 재앙과 같은 존재가 될 수 있었다.

거기에 코사크의 병력과 오명수 상좌가 이끄는 병력이 합해지면 평방사의 1,500명의 병력과도 해볼 만했다.

하지만 특별행정구 내외에서의 전투는 최후의 방법이자 마지막 카드로 써야 하는 것이었다.

김평일이 인민무력부 산하 총참모부를 장악한 후 그곳의 지지를 등에 업고 총정치국과 보위사령부까지 장악하기 위해서는 적지 않은 시간이 필요했다.

그가 나에게 말했던 두 달의 시간도 인민무력부의 작전부 국장의 지위를 정식적으로 얻는 것을 말한다.

김평일이 평양을 떠나 불가리아로 가기 전까지 작전부 부국장을 지냈다. 그 덕분에 군 경력이 없는 김정일보다 군부에서 인정을 받았었다.

김정일은 그러한 점 때문에 더더욱 총정치국과 보위사령부를 자기 사람들로 채웠다.

지금 평양에서는 치열한 권력투쟁의 2막이 전개되고 있었다.

이승범 상장이 보낸 T—62 열 대는 특별행정구 내에 주둔할 수 있도록 특별히 조처했다.

평방사의 병력이 특별행정구 내로 들어올 수 없는 거와는 상반되는 일이었다.

평방사의 병력을 지휘하는 김상열 대좌가 나에게 이의를 제기했지만 문제없다는 말로 넘어갔다.

대신 추가로 배치된 평방사 병력 또한 내부 진입을 허용했다.

오명수 상좌가 이끄는 500명의 병력이 특별행정구 내로 침입할 수 있는 주요 지점에 배치되었다.

오명수가 지휘하는 평방사 병력은 내부로 진입하자마자 전쟁을 준비하듯이 참호를 파고 기관총을 배치했다.

김상열 대좌는 지금보다 확실한 안전을 책임지기 위해서 나에게 늘 특별행정구 내로의 병력 투입을 요청했었다.

이와는 상관없이 특별행정구는 활발하게 움직였다.

부지 조성이 끝난 지역마다 공장 건설과 거주지 조성 공사가 이루어지고 있었다.

중국과 베트남 등 동남아시아에 진출하려 했던 중소기업들도 신의주 특별행정구로 눈을 돌리기 시작했다.

그렇다고 특별행정구는 무작정 기업들을 유치하지 않았다. 일정한 심사 기준에 통과한 기업만이 진출할 수 있었고, 독자적인 기술력을 갖춘 기업은 혜택을 부여했다.

표면적으로 특별행정구는 계획한 대로 발전해 나가고 있었다. 그러나 물밑으로는 폭풍 전야의 모습이었다.

*　　　*　　　*

신의주 특별행정구의 미묘한 변화와 기류가 흐르고 있었다.

서로가 서로를 감시하듯이 평방사의 병력은 코사크와 8군단에서 파견한 전차중대를 예의 주시했고, 우리도 평방사의 움직임을 철저히 감시했다.

서울로 내려가 처리해야 할 일들이 많았지만 지금 신의주를 떠나면 문제가 발생할 때 신의주로 들어올 수 없을 수도 있었다.

우리는 오명수 상좌가 전해주는 정보를 토대로 평방사의 움직임에 대비했다.

후발대로 들어온 코사크의 병력은 70명이 아닌 30명이 추가된 100명이었다.

이제는 코사크의 병력도 225명으로 늘어나 있었다. 추가로 코사크의 타격대가 합류했기 때문이다.

모스크바의 마피아들이 코사크의 사업에 더는 제동을 걸 수 없었기에 타격대를 불러올 수 있었다.

코사크의 타격대는 평방사의 지휘부를 습격할 수 있도록 훈련까지 진행했다.

또한 평방사의 무전을 감청할 수 있는 장비까지 비밀리에 들여왔다.

"어제부터 평방사가 주고받는 암호 무전이 두 배로 늘어났습니다."

코사크 정보 팀의 보고였다.

"디데이를 잡은 건가?"

"아직 확실치는 않지만, 이번 주나 늦어도 다음 주에는 움직일 수 있다고 봅니다."

"음, 타격대의 훈련은 모두 완료했나?"

난 신의주 특별행정구의 경비 책임자인 일린을 보며 물었다.

우리는 며칠간의 난상 토론 끝에 평방사보다 먼저 움직이기로 결론을 냈다.

역사적인 특별행정구의 출범을 이대로 망칠 수는 없었다.

법리적인 해석도 신의주항과 특별행정구에 가하는 불순한 움직임을 자위권을 동원해 미리 막을 수 있다는 판단이었다.

김평일에게도 이 사실을 전달했고, 그 또한 선제 타격에 따른 문제를 책임져 주기로 했다.

"훈련은 모두 끝마쳤습니다."

평방사의 지휘부는 신의주항 근처 특별행정구에서 3㎞ 떨어진 평사리에 새롭게 지휘부를 차렸다. 더구나 요사이 특별행정구로의 출동 훈련을 여러 번 끝마쳤다.

유사시 외부에서의 공격을 막는 훈련이라고는 했지만, 우리가 볼 때는 코사크와 8군단 소속 제35전차중대를 제압하기 위한 훈련 같았다.

"평방사에게 명령이 떨어지는 동시에 움직이도록 한다. 정보 팀은 확실한 증거도 확보하도록."

평방사의 지휘부를 제거하는 것이 가장 큰 목적이자 목표였다.

"예, 모든 암호 전문들을 확보하고 있습니다."

오명수 상좌가 건네준 암호 해독문을 통해 평방사가 외부와 연락을 주고받는 암호 전문을 해독하고 있었다.

"알겠습니다."

일린 또한 자신 있게 대답했다.

지휘부를 타격하기 위해 코사크는 러시아에서 기계 장비로 속여서 82㎜ 박격포까지 들여왔다.

*   *   *

김정일의 혈색은 이전보다 좋아 보였지만 어눌한 말투와 왼손이 의지와 상관없이 흔들리는 것은 여전했다.

"평일… 이… 를 막… 지 못하… 면 다 죽는… 기야"

김정일의 앞에 서 있는 인물은 평양방위사령부를 맡고 있는 주도일 사령관과 박기서 부사령관이었다.

주도일은 김일성의 호위병 출신이자 최측근으로 김정일이 부상한 이후에는 그 권력을 뒷받침한 중요 인물이었다.

주도일은 차수 계급이었고 박기서는 중장이었다. 올해 김정일에 의해서 주도일은 차수로 올라섰다.

차수는 원수와 대장 사이의 계급이었고 박기서는 김정일의 고종사촌이다.

김평일의 인민무력부 작전부 국장 선출을 막기 위해 김정일의 측근들이 동분서주했지만 끝내 그 뜻을 이루지 못했다.

김평일은 예정대로 중앙당위원회에서 작전부 국장으로 선출될 예정이었다.

김평일이 공식적인 지위에 선출되면 북한 군부에는 큰 변화가 휘몰아칠 것이다.

"내일 특별행정구를 칠 생각입니다."

올해 70세인 주도일은 노령에도 불구하고 평양방위사령

부에 속한 군부대의 훈련에 늘 참관하고 지휘했다.

북한 군부 내에서도 상당한 영향력을 행사하는 그에 의해서 신의주 특별행정구로 평방사의 병력이 올라갈 수 있었다.

"남… 반부… 아새끼… 들도… 모두… 죽이… 라우."

"그렇게 되면 큰 문제가 될 수 있지 않겠습니까?"

"정… 신… 차리… 라우. 안… 그러면 우리… 가 죽어. 모든… 책임… 은… 평일이… 에게 뒤집… 씌우라… 우."

"러시아 놈들은 어쩌지요?"

박기서 부사령관이 조심스럽게 물었다.

"놈… 들도 치라우. 그래… 야 평… 일이 놈이 더 궁… 지에 몰리… 겠… 지."

김정일의 눈에는 복수심뿐이었다. 그는 자신을 이렇게 만든 인물을 김평일로 확신하고 있었다.

평양방위사령부의 두 지휘관이 돌아가자마자 김정일 앞에 묘령의 여인이 모습을 드러냈다.

그녀는 김정일에게 김평일과 강태수를 죽이겠다고 했던 여자였다.

"약속을 지키시지 않으셨더군요."

"놈을… 풀어… 줬잖아. 그래… 서 김평… 일을 죽이…

지 않았… 나?"

"전 분명히 1억 달러도 말씀드렸습니다."

"하하… 하! 1억 달… 러가 누… 구 이름… 인 줄… 아나? 놈… 을 다시 잡아… 들일… 까? 넌 이… 전… 처럼 놈을 이… 용해서 돈을 벌으… 면 돼."

"약속을 지키지 않으시겠다는 말씀입니까?"

"두 놈… 의 목… 아지를 가지… 고 오면 이 자리… 에서 1억… 달러… 를 바로 주… 지."

'후후! 줄 생각이 없군. 자기가 아직도 공화국을 지배하는 줄 아나 보네.'

"이번에는 약속을 지키실 거지요?"

"물… 론. 그… 리고 널 있… 게 한 것… 이 나… 라는 걸 있지… 마… 라, 은매화!"

김정일은 어눌한 말투로 은매화라는 이름만은 또렷하게 발음했다.

마치 은매화에게 경거망동하지 말라는 말투 같았다.

"물론입니다. 이번에는 두 놈의 모가지를 가져다드리겠습니다."

은매화는 김정일에게 고개를 깊숙이 숙였다. 하지만 고개를 숙인 그녀의 두 눈은 김정일을 비웃고 있었다.

은매화가 김정일의 방을 나서자마자 어두운 그림자 하나

가 가려진 커튼 뒤에서 나타났다.

그는 흑천의 척살단을 이끄는 풍운이었다.

"저… 년을 감… 시하라… 우. 내 말대… 로 하는… 지 말… 이야."

"말대로 하지 않으면 어떻게 할까요?"

"그… 건 내… 가 말… 하지 않아… 도 알… 기야. 저… 기 너희… 가 원… 하는 것… 이… 있다."

김정일이 힘들게 손을 들어 가리킨 곳에는 상자 하나가 놓여 있었다.

풍운이 상자를 열자 그 안에는 낡은 고서 두 권이 들어 있었다. 북한에서 문화재로 지정된 도서였다.

"감사합니다, 당비서 동지."

풍운은 의미심장한 미소를 지으며 김정일에게 고개를 숙였다.

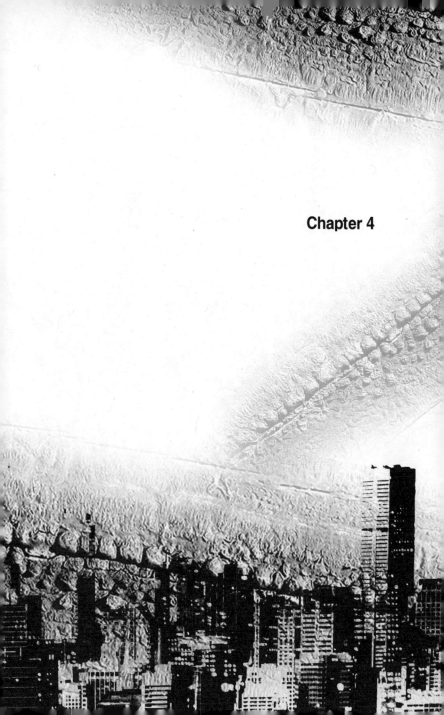

Chapter 4

두두두!

우르르! 쾅!

오전부터 하늘을 뒤덮던 먹구름이 기어이 장대비를 쏟아냈다.

세찬 바람과 함께 내리는 비는 쉽게 그칠 것 같지 않았다.

먼지를 날리면서 특별행정구를 오가던 수많은 차량도 운행을 하지 않고 있었다.

쾅! 번쩍!

천둥소리와 함께 떨어져 내리는 낙뢰가 어둠에 잠긴 특별행정구 지역을 순간 환하게 밝혀주었다.

"일기예보에서 내일까지 비가 내린다고 합니다."

김만철이 창밖을 바라보며 말했다.

"덕분에 저희도 휴식을 취할 수 있고 좋네요."

박용서가 기지개를 켜며 대답했다.

"이곳에 있으면 가만히 앉아 쉬어도 불안해. 차라리 정신 없이 일하는 게 낫다니까."

김만철의 말처럼 신경이 곤두세운 채 지내온 것도 보름이 넘어가고 있었다.

그러다 보니 육체적인 피로보다는 정신적인 피로가 더 심한 상태였다.

"우리 생각처럼 움직이질 않네요."

나는 빨리 결론을 나는 것을 원했다.

"그러게 말입니다. 분명 저번 주에는 움직일 줄 알았는데."

김만철이 내 말에 대꾸할 때였다.

코사크의 정보 팀에 가 있던 티토브 정이 급하게 사무실로 들어왔다.

"오늘 밤 놈들이 움직입니다."

"지시가 떨어졌습니까?"

"예, 특별행정구를 점령하고 이곳에 근무하는 직원들 모두를 사살하라는 명령이었습니다."

"뭐라고요? 그게 사실입니까?"

나는 티토브 정이 한 말을 믿을 수가 없었다. 나와 특별행정구만을 노리는 것이 아니었다.

"예, 명령문에서는 코사크 대원들을 포함한 특별행정구 내의 모든 인물이었습니다. 증거를 없애려는지 암호문은 받는 즉시 소거하라는 명령도 함께 내려졌습니다."

이곳에 근무하는 각 기업체 관계자들도 모두 사살한다는 말이었다.

"어처구니가 없네요. 정말 말도 안 되는 일을 벌이려고 하다니……."

정말 어이가 없었다.

"이들을 용서할 가치도 없습니다."

김만철도 흥분하며 말했다.

"예, 저도 그럴 생각입니다. 저희가 계획한 대로 움직이지요. 오명수 상좌에게 연락을 취하십시오."

"알겠습니다."

사무실에 있던 모두가 일사불란하게 움직이기 시작했다.

주사위가 던져진 상황에서 누가 선공을 잡느냐에 수많은 생명이 달려 있었다.

쾅! 번쩍!

천둥과 번개가 연속해서 내려치자 순간 전등불이 깜빡거렸다.

"이 명령문이 확실한 기냐?"

김상열 대좌는 명령문을 가지고 온 부관에게 되물었다.

"예, 몇 번이고 확인했습니다."

"이런, 쌍! 다 죽이면 그 책임을 누가 질 건데."

김상열은 당과 김정일에게 충성하는 것이 당연하다고 배워왔고, 또한 그렇게 행동해 왔다.

하지만 오늘 받은 명령은 자신이 감당할 수 없는 거였다. 김상열은 강태수 장관의 체포와 특별행정구의 강제 점거를 생각하고 있었다.

"대좌 동지, 이거 우리가 독박 쓰는 거 아닙니까?"

중좌 계급을 달고 있는 인물이 걱정스러운 표정으로 말했다.

"보면 모르갔어. 남한 근로자만 수백 명이야. 거기다가 러시아 놈들까지 다 죽이면 러시아가 가만있갔어. 이건 우리도 싸우다가 다 죽으라는 소리야!"

김상열은 신경질적으로 소리쳤다.

그는 평양방위사령부에서 내려온 명령문에 숨겨진 의미

를 단번에 파악했다.

"그렇다고 명령을 어기면 우리뿐만 아니라 가족들도 문제가 되지 않습니까."

중좌의 말처럼 명령을 어기는 순간 김정일에 의해 모든 것이 허물어질 수 있었다.

"명령대로 해도 우린 다 끝이야. 이 책임을 누가 지갔어? 나와 박 중좌는 물론이고, 지휘관 모두가 총살형에 처할 기야. 우리가 독단적으로 움직였다고 할 게 뻔하잖아. 이와 관련된 모든 증거를 없애라는 명령를 보면 모르갔어."

"휴! 정말 이렇게 해도 죽고, 저렇게 해도 죽으면 어떡해야 합니까?"

얼굴이 죽상이 된 박 중좌가 김상열에게 물었다.

"일단 특별행정구에 있는 오명수만 남겨두고 대대장과 중대장을 모두 불러들이라우. 죽을지 살지는 그때 가서 정하갔어."

김상열의 말에 부관이 급하게 밖으로 나갔다.

무섭게 내리는 비 때문에 T-62 전차들의 움직임이 둔해졌다.

포장되지 땅은 곧바로 진흙탕이 되었고, 자칫하면 진창에 빠져서 움직임이 제약될 수 있었다.

전차를 앞세우고 곧바로 평방사의 지휘부를 기습하면 승리할 가능성이 컸지만, 공사로 인해 곳곳에 물웅덩이가 생기고 지반이 약해져 토사가 흘러내릴 수 있었다.

날씨가 좋은 때 가능할 수 있는 작전 계획 하나가 사라진 것이다.

전차는 평방사의 기습에 대비해 특별행정구 내에 머물기로 했다.

문제는 코사크의 특수차량도 진창에 빠질 수 있다는 점이었다. 평방사의 지휘부가 차려진 곳으로 향하는 도로는 포장된 도로가 아니었다.

심한 비바람 때문에 8군단에서 지원해 주기로 했던 헬기도 지원받을 수 없었다.

먼저 코사크 대원들과 오명수 대좌가 이끄는 병력이 특별행정구 근처에 배치된 평방사 병력의 무장을 해제시킬 준비를 하고 있었다.

우르르! 쾅!

다시금 낙뢰가 행정구 내로 떨어질 때 코사크의 타격대가 평방사 지휘부로 향했다.

평방사의 지휘부는 시간이 흘러도 결론을 내리지 못하고 있었다.

"이대로 전투를 벌이면 우리의 피해도 상당할 것입니다. 이런 날씨에는 35전차중대 전차에 접근하다가 다 죽습니다."

대위 계급장을 단 인물의 말이었다.

이런 폭우에는 널찍한 개활지에 있는 전차에 접근하기도 힘들뿐만 아니라 대전차미사일의 발사에 필요한 시야 확보도 어려웠다.

땅바닥이 진창이 되어버린 상황에서는 계획한 시간대에 이동하기도 힘들었다.

"특별행정구 내부에 있는 오 상좌가 책임져야지."

미간에 주름이 가득한 김상열 대좌의 말이었다. 그는 오명수 상좌를 희생시킬 생각을 하고 있었다.

추가로 배치된 오명수의 대대는 같은 여단이 아니었다.

"러시아 놈들의 화력이 생각보다 뛰어난 것 같습니다. 모두가 최신 무기들로 무장하고 있어 제압하려면 저희도 상당한 피해를 볼 것입니다."

박 중좌 심각한 표정으로 말했다. 코사크 대원들은 모두 방탄조끼와 최신형 자동소총으로 무장하고 있었다.

"전투가 벌어지면 놈들도 죽자 사자 나올 것입니다. 더구나 날씨까지 이 모양이니 우리가 세운 작전 계획대로 움직일 수 없습니다."

특별행정구 점령과 관련된 작전 계획을 수립한 이철희

중좌의 말이었다.

특별행정구에 주둔하고 있는 평방사 병력은 차량보병화여단이었기에 기동력이 일반 보병사단보다 뛰어났다.

그에 따른 장점에 맞추어 작전을 수립했지만 지금 같은 날씨에는 무용지물이었다.

"맞습니다. 이런 폭우에서는 피아 식별도 쉽지 않습니다. 작전을 연기해야 합니다."

작전 회의에 참석한 대다수의 인물이 명령문에 적힌 오늘 밤 작전에 대해서는 회의적이었다.

더구나 지금 내리는 폭우는 예보된 것이 아니었다.

현재 신의주가 위치한 평안북도와 함경도 일대에만 비가 내리고 있었다.

"그럼 누가 책임지갔어?"

김상열 대좌의 말에 순간 회의에 참석한 모두가 꿀 먹은 벙어리처럼 입을 닫았다.

오늘 내려온 명령문은 김정일의 지시로 주도일 차수가 직접 내린 것이었다. 명령을 어긴다는 것은 더는 지금의 자리를 보전할 수 없다는 말이었다.

지금 자리에 있는 인물들 모두 10년에서 20년을 군대에서 보내면서 어렵게 이 자리까지 올라왔다.

"책임질 수 없으면 죽이 되든 밥이 되든 해볼 수밖에 없는 기야. 후~ 우! 재수 없게 외통수에 걸린 상황이니까."

김상열 대좌는 길게 한숨을 내쉬며 말했다. 그의 말에 누구 하나 대꾸하는 인물이 없었다.

"오명수에게 어떡하든 전차를 처리하라고 전하고, 예정대로 신의주항을 먼저 접수하라우. 공화국 영웅이 될지, 역적이 될지는 운명에 맡기자우."

말을 마친 김상열은 눈을 감았다. 지금 자신이 내린 명령이 과연 북한을 위하는 일인가, 아니면······.

'내가 죽어도 가족들은 살겠지. 그래, 그게 최우선이야······.'

판단을 내린 김상열이 작전상황실로 이동하기 위해 자리에서 일어났다.

그러자 회의에 참석한 인물들도 결연한 표정으로 김상열의 뒤를 따랐다.

Chapter 5

　평방사 지휘부에 근처에 도착한 코사크 타격대는 35명이
었다.

　그들이 목표로 하는 평방사의 지휘부의 병력은 100여 명
쯤 되었다. 코사크 타격대의 목표는 평방사 지휘부 인물들
이었다.

　장대비는 시간이 갈수록 점점 심해졌고, 특별하게 위장
을 하지 않아도 심한 폭우가 시야를 가려주었다.

　경비를 서고 있는 병사들도 고개를 숙인 채 심한 비바람
을 피하려고 애쓸 뿐이었다.

지프 두 대가 급하게 지휘부를 빠져나가는데도 경비병들은 경례조차 하지 못했다.

"비둘기 두 마리가 둥지를 떠났다."

코사크 대원 하나가 무전기를 들고 어디론가 무전을 보냈다.

―이쪽에서 두 마리를 잡겠다.

무전을 통해 짧은 대답이 들렸다.

"둥지에는 총 8마리의 비둘기가 모여 있다. 10분 후에 진입하겠다."

―알겠다. 둥지에 곧 선물을 보내겠다.

무전이 끝나자 코사크의 타격대는 평방사 지휘부에 더 가까이 접근했다.

지휘부에 진입하는 병력은 20명이었고 모두가 평방사의 군복을 입고 있었다.

나머지 15명은 진입하는 병력의 화력 지원과 지휘부를 떠나는 타깃을 잡기 위해 근처에 포진하고 있었다.

진입하는 코사크 대원의 시계의 시간이 정확하게 9분이 흘렀을 때였다.

짧은 휘파람 소리와 같은 소리가 들리는 순간 평방사 지휘부 쪽에서 폭발음이 연속해서 들려왔다.

쾅! 콰쾅!

후방에서 80㎜ 박격포를 날린 결과였다.

연속에서 폭발음이 들려오자 경비병들은 당황한 표정으로 어찌할 줄을 몰랐다.

"진입한다! 둥지의 비둘기를 제거하고 연습한 대로 우측 능선으로 빠져나간다."

지휘를 맡은 표도르가 말을 끝내자마자 타격대의 대원들이 일사불란하게 움직이기 시작했다.

이미 충분히 연습한 침입 루트를 통해서 순식간에 내부로 진입했다.

폭탄이 날아들자 평방사의 지휘부를 지키던 병사들은 몸을 피하고자 사방으로 흩어지고 있었다.

쾅! 콰쾅!

폭탄 하나가 군용 트럭 위로 떨어지자 더 큰 폭발음을 일으켰다.

"이게 무슨 소리냐?"

김상열 대좌가 작전 지도를 보며 병력 배치 상황을 확인하는 순간 들려온 소리였다.

"천둥소리인 것 같습니다."

쾅!

부관의 말에 다시금 김상열은 지도를 보려고 할 때 이번에는 소리와 함께 진동까지 느껴졌다.

그때를 맞추어 경비병 하나가 급하게 지휘부로 들어왔다.

"습격입니다."

경비병의 말에 김상열 대좌의 눈이 커질 대로 커졌다.

"무슨 소리야, 정확히 말하라우?"

타타타! 타탕!

이제는 근처에서 총소리까지 들려왔다.

"갑자기 폭탄이 날아왔습니다. 날씨 때문에 천둥소리인 줄 알았습니다."

"이런! 쌍! 그걸 말이라고 해! 빨리 가서 놈들을 막으라우!"

김상열은 지금의 상황을 도저히 믿을 수가 없었다.

"알겠습니다."

경비병이 밖으로 나가자 지휘실에 있던 인물들도 불안해하기 시작했다.

"8군단 놈들이 습격한 게 아닐까요?"

막 자신의 부대로 떠나려 했던 박 중좌가 불안한 표정으로 말했다.

그는 지금 자신들을 공격할 수 있는 것은 8군단 병력밖에는 없다고 생각했다.

"놈들이 우리의 이목을 뚫고서 이동했다고 생각하나? 더구나 이런 날씨에 말이야."

타타타! 타탕!

총소리가 더 가까이에서 들려왔다.

콰쾅! 우르릉! 쾅!

연속해서 들려오는 굉음이 폭탄 떨어지는 소리인지, 천둥소리인지 분간하기조차 힘들었다.

'어떤 놈들일까? 설마 러시아 놈들이…….'

김상열은 머리가 혼란스러웠다.

"빨리 2중대와 3중대에 연락해서 놈들을 정리하라고 해!"

지휘부와 가장 가까이에 배치된 평방사 병력이었다.

"연락이 되지 않습니다. 나머지 중대들도 응답하는 곳이 없습니다."

무전병의 말에 김상열 대좌의 얼굴색이 창백하게 변해갔다.

*　　　*　　　*

김평일은 자신 앞에 당돌하게 앉아 있는 여인을 다시 한 번 천천히 바라보았다.

"나한테 이걸 가져온 이유가 뭐지?"

김평일 앞에 놓인 것은 녹음 파일이었다.

"사업을 하기 위해서입니다."

미소를 잃지 않고 말하는 여인은 다름 아닌 김정일에게 김평일을 죽이라는 명령을 받은 은매화였다.

"사업이라……. 단지 그것뿐이 아닌 것 같은데."

"제가 당비서 동지에게서 받기로 한 돈을 대신 주신다면 부장 동지께서 원하시는 것을 이루어드리겠습니다."

"내가 원하는 거라……. 여기에 담긴 내용만으로도 충분할 것 같은데."

김평일은 녹음 파일을 들어 올리며 말했다. 녹음 파일에는 김정일과 은매화가 나눈 대화가 고스란히 들어 있었다.

김평일을 죽이라는 김정일의 지시가…….

"당비서 동지가 손에 쥐고 있는 38호실과 39호실의 돈이 필요하지 않으십니까?"

북한 내각의 국가계획위원회가 나라 살림을 위하여 사용하는 예산과는 전혀 관련이 없는 어마어마한 비자금을 김정일 개인이 마음대로 39호실과 38호실이란 조직을 통하여 사용하고 있었다.

39호실은 주로 외국에서 달러를 벌어 오고, 38호실은 국내에서 호텔이나 상점, 식당 영업으로 달러를 걷었다.

지금까지 북한에서 가장 크게 지출된 항목은 전쟁 준비

와 군비 유지 부문이었다.

그다음으로는 대량 살상 무기를 개발하기 위해 쓰는 돈이고, 세 번째는 남한 체제를 파괴하고 전복시키기 위한 대남적화공작비이며, 네 번째가 인민 경제를 위한 국가 운영비라고 한다.

김정일 휘하에 있는 39호실이 대량 살상 무기의 개발과 대남공작활동을 중점적으로 지원하고 있었던 것이다.

모스크바에서 핵무기와 미사일 설계도를 입수하기 위한 자금도 39호실에서 흘러나왔다.

"시간이 걸릴 뿐이지, 모든 건 제자리를 찾게 되어 있어."

"호호호! 과연 그럴까요? 당비서 동지가 그 지경이 되었는데도 측근들이 배신하지 않는 이유를 모르시겠습니까? 김평일 부장 동지를 따르는 자들에게 뭐 하나 주신 것이 있으십니까? 아니, 오히려 군부의 군량미를 빼앗다시피 가져가셨지요. 39호실의 비자금……."

39호실의 비자금은 최우선 순위로 김일성을 위해 세워진 기념궁 유지비와 김일성과 김정일 가족의 호화 생활 유지비에 쓰이며, 김정일의 숨겨둔 애첩에 대한 생활비도 물론 39호실 비자금에서 나갔다.

그리고 김정일의 체제 유지에도 39호실 비자금이 사용되었다.

김일성과 김정일 우상화 작업에 관련된 모든 사업은 물론이고 중요한 국책 사업과 북한 주민들에게 보여주기 식 선심용 사업에도 39호실의 비자금이 쓰인다. 그리고 목숨을 걸고 김정일을 따르는 측근 관리에 쓰는 돈도 39호실 자금이다.

당의 정치국원급 이상 간부와 국방위원회 위원들은 물론 기타 김정일을 따르는 최측근들에게는 최고의 대우를 해주며 호화스러운 주택과 벤츠 차량을 선물로 주었다.

이들의 생활은 가난과 굶주림에 피폐한 북한 주민들의 삶과는 전혀 달랐다.

사실 이제 막 권력 선상에 오르려 하는 김평일은 통치 자금이 턱없이 부족했다.

"그래서 나에게 39호실의 비밀 장부를 가져다주겠다는 말인가?"

39호실은 대성무역과 대성은행 등이 속해 있는 대성총국 산하 120여 개의 무역 회사를 통하여 외화를 벌어들인다.

39호실은 국내에서 원평대흥수산사업소, 문천금강제련소, 대성 타이어공장 등 100여 개의 공장과 기업소를 직접 운영하고 있다. 그리고 북한 내 17개 금광이 39호실에 속해 있어 연간 12톤의 순도가 높은 순금을 생산하여 해외에 밀수한다.

금 수출은 주로 마카오에 있는 조광무역상사가 처리해 왔으며, 홍콩과 싱가포르 등지에서 국제 밀수꾼들의 손에 넘겨진다.

또한 39호실은 마약 밀매와 위조 달러 제작은 물론 가짜 담배와 무기의 수출에도 관여하여 이로 인해 벌어들이는 외화가 매년 2~3억 달러였다.

"그보다 더한 일도 해드릴 수 있습니다."

"당비서를 배신하려는 이유가 뭐지?"

김평일은 은매화를 무섭게 노려보며 물었다.

"토사구팽(兎死狗烹)! 전 이 말이 제게 해당될 줄 몰랐습니다."

그런 시선을 받으며 은매화는 담담하게 대답했다.

"당비서가 유용한 당신을 왜 죽이려고 할까?"

"후후! 글쎄요. 그건 사냥개를 부리는 주인이 잘 알겠죠."

"사냥개라……."

말을 내뱉는 김평일의 입가에 묘한 미소가 서려 있었다.

*　　　*　　　*

시야를 방해하는 비바람 때문에 자신에게 접근하는 아군을 쏘아버린 평방사의 병사 하나가 연신 욕지거리를 하고 있었다.

"이런! 쌍! 누가 누구인지 알아야지."

병사의 말처럼 평방사 복장을 한 침입자들을 구분하기가 너무 힘들었다.

타타탕! 쾅!

여기저기서 들려오는 총소리와 폭음이 불안한 마음을 더욱 자극했다.

그때 요란한 발소리가 앞쪽에서 들려왔다.

다시금 총을 겨누었지만, 조금 전처럼 곧바로 총을 쏠 수 없었다.

"뉘기야?"

"쏘지 마라우."

빗소리 때문인지 말투가 조금 어눌하게 느껴졌다.

"상철이니?"

함께 보초를 서던 동료가 배앓이로 인해 잠시 화장실을 갔었다.

퍽!

대답 대신 들려온 것은 자신의 가슴에서 뿜어져 나오는 뜨거운 피가 흐르는 소리였다.

'방아쇠를 당겼어야… 했는데……'

철퍼덕!

병사의 시체를 뒤로하고 움직이는 그림자들의 발걸음은 더욱 빨라졌다.

평방사 지휘소에는 아군을 적으로 오인해서 일어난 전투가 곳곳에서 벌어지고 있었다.

오후의 시간대였지만 하늘이 뚫린 것처럼 쏟아지는 장대비로 인해 한밤중처럼 캄캄해진 날씨와 평방사 복장을 한 침입자가 원인이었다.

헉헉!

김상열 대좌는 정신없이 2중대가 위치한 곳으로 달리고 있었다.

그의 뒤를 따르는 인물은 박 중좌 하나였다. 지휘소에 함께 있던 인물들은 빠져나오지 못했다.

'이런 일이 벌어지다니……'

김상열은 지금의 일이 믿어지지가 않았다.

"헉헉! 2중대도 당한 것 아닙니까?"

"가보면 알겠지. 아무리 생각해 봐도 우리 모두를 동시에 공격할 병력은 없어. 헉헉!"

우르르! 쾅!

하늘은 여전히 분노하듯 뇌성을 내질렀다.

"지휘소만 노렸다는 것……."

철퍼덕!

순간 박 중좌의 목소리가 이어지지 않았다.

김상열이 뒤를 돌아보자 그는 진창에 머리를 박고 쓰러져 있었다.

그리고 김상열의 가슴에서부터 붉은색 점 하나가 점차 위로 올라오고 있었다.

다음 날에도 비는 계속되었지만, 어제만큼은 아니었다.

평방사 지휘부가 있던 곳은 처참했다.

사방에 널브러진 시체와 부상자들의 비명이 메아리치고 있었다.

이 상황은 아군을 적으로 오인해서 밤새 전투를 벌인 결과였다.

오히려 침입자들에 의해서 나온 사망자는 생각보다 적었다. 살아남은 자들은 자신들인 벌인 일에 망연자실한 표정으로 멍하니 있을 뿐이었다.

특별행정구역 주변에 있던 평방사의 병력은 지휘부에서 벌어진 일을 아는지 모르는지 깊은 잠에 빠져 있었다.

코사크의 부족한 병력으로는 평방사의 병력을 모두 무장

해제시킬 수는 없었다.

만약을 위해서라도 오명수가 이끄는 평방사 병력도 특별행정구 내부를 지켜야만 했다.

그때 김만철이 꾀를 내었다.

오명수 상좌를 통해서 러시아에서 가져온 보드카를 풀었다.

지휘부의 호출로 각 부대 내 대대장과 중대장들이 없는 틈을 탄 상황에서 오명수 상좌가 건네주는 보드카를 소대장들은 대부분 마다치 않고 받았다.

상급자인 오명수 상좌가 주는 보드카를 거절하는 인물들은 없었다.

이미 평방사의 부대 간 유무선은 모두 단절시켜 놓은 상황에서 김상열 대좌의 이름까지 팔면서 행한 일은 대성공이었다.

주변 경비를 섰던 일부 경계병을 빼고는 특별행정구 외각에 배치된 부대의 병력은 보드카와 남쪽에서 가져온 소주에 취했다.

더구나 명령이 없는 상황에서 폭우까지 내리자 그들이 할 수 있는 일은 없었다.

충분한 휴식을 취하라는 명령을 받았다는 오상수 상좌의 말 또한 소대장들을 안심시켰다.

그러나 기다렸다는 듯이 아침에 갑자기 들이닥친 국가안전보위부의 병력과 오상수 상좌가 이끄는 병력에 의해 평방사의 중간 간부급들은 모두 체포되었다.

죄목은 국가 반역죄였다.

"하하하! 대성공입니다. 저희 쪽 피해는 거의 없습니다. 몇몇 대원이 부상을 입었지만, 다들 목숨에는 지장이 없습니다."

작전을 주도했던 일린이 큰 소리로 웃으며 말했다. 그의 말처럼 생각 이상으로 성공적인 작전이었다.

"하늘이 특별행정구를 돕는 것·같습니다."

정말 내 말처럼 하늘이 돕지 않았다면 이런 결과가 나올 수가 없었다. 갑자기 몰아닥친 폭우는 아군에게는 절대적으로 유리하게 작용했지만 평방사의 지휘부에는 돌이킬 수 없는 악재였다.

"정의가 이긴다는 것을 보여준 것입니다. 북한 주민들에게 희망을 줄 수 있는 이곳을 망치려는 집단에게 천벌을 준 것이지요."

북한 출신인 김만철은 힘주어 말했다.

"평방사의 병력은 무장해제가 되었습니까?"

"예, 간부급들이 체포되자마자 모두 겁에 질린 모습들이었습니다. 북한에서 반역죄는 가족들까지도 엮여 들어가는 연좌제입니다."

자리에 함께한 오상수 상좌의 말이었다. 같은 평방사의 인물이었지만 운명은 오상수의 손을 들어주었다.

"병사들은 아무것도 모르고 있었던 것이 아닙니까?"

"예, 중대장급 이상의 간부들만 알고 있었습니다."

"그들이 다른 선택을 했으면 정말 좋았을 것입니다. 김상열 대좌는 어떻게 되었습니까?"

"체포된 직후 곧바로 평양으로 압송되었습니다. 이번 일이 평양을 발칵 뒤집어놓은 사건이기에 아마 피바람이 불어닥칠 것입니다."

오상수 상좌의 말에 나는 순간 이번 일을 사전에 충분히 막을 수 있지 않았나 하는 생각이 들었다.

혹시 김평일이 이번 사태를 기다린 것이 아닌가 할 정도로 모든 일이 급속하게 돌아가고 있었다.

우리가 이야기를 나누는 시간, 평양시 삼마동에 자리를 잡은 평양방위사령부에 들이닥친 국가안전보위부 병력에 의해서 주도일 사령관과 박기서 부사령관이 체포되었다.

이 과정에서 주도일 차수는 자신의 권총으로 자살을 선택했다.

신의주 특별행정구에서 일하는 사람들 모두 어제 일어난 일에 대해 알지 못했다.

신의주 특별행정구에 있던 평방사의 병력은 재편되었고 그중 3분의 2는 원래의 자리로 돌아갔다.

평방사의 책임자는 오상수 상좌로 바뀌었고 그는 이번 사태를 막은 공로로 대좌로 진급할 예정이었다.

또한 평방사의 빈자리는 8군단의 병력으로 채워졌지만, 병력은 이전보다 훨씬 줄어든 상태였다.

국내외 언론들은 신의주에서 일어난 일에 대해서 전혀 알지 못했다.

각 나라의 정보부들도 갑작스럽게 쏟아진 폭우의 영향 때문인지 이 사건에 대한 정보를 입수하지 못했다.

나는 사후 정리를 위해서 일주일간 더 특별행정구에 머문 후 서울로 떠났다.

*   *   *

신의주 특별행정구에서 이렇게나 오랫동안 머물 줄은 몰랐다.

덕분에 특별행정구 내의 전반적인 업무들을 정리할 수 있었다. 하지만 그동안 쌓여 있던 각 회사의 업무들이 날 기다리고 있었다.

서울은 어느새 단풍이 몰고 왔던 가을이 지나고 초겨울

에 들어섰다.

모든 언론은 다가온 대선에만 신경을 쓰고 있었다.

"후! 도대체 시간이 어떻게 가는지 모르겠네."

한숨이 절로 나왔다.

계절의 변화를 느끼지 못할 만큼 일에 파묻힌 결과였다.

과중한 업무에 벗어나기 위해서 회사별로 임원들에게 권한과 책임을 일정 부분 넘겨주었지만 그다지 일은 줄어들지 않은 느낌이었다.

그만큼 회사들의 덩치가 커지고 인원들이 늘어난 결과였다.

종로에 자리를 잡은 도시락 본사의 맨 꼭대기 층에는 내가 업무를 보는 사무실이 마련되어 있었다.

내부 공사를 모두 끝낸 사무실은 업무를 보는 데 있어 최적의 환경으로 갖춰놓았다.

넓은 통유리로 주변 일대가 훤히 보이게끔 했고, 내부에 휴식 공간과 회의실, 그리고 간단한 식사를 할 수 있는 공간까지 마련했다.

물론 모스크바 스베르의 업무실에 비하면 부족한 면이 있었지만, 이전보다는 확실히 변화된 공간이었다.

미국과 러시아는 물론 중국, 일본까지 확장된 회사들로 인해서 이제는 업무를 보조하는 비서들도 3명으로 늘어났다.

혼자서 동분서주했던 모습에서 확연히 달라진 모습이었다.

"후후! 딸랑 책상 하나 두고 시작한 사업이 이렇게나 확장할 줄이야…… 내가 행복한 고민을 하는 걸까?"

신구와 강호 두 친구와 함께 용산전자상가에서 시작한 작은 사업이 산불이 번지듯이 무섭게 확대되어 지금까지 이어진 것이다.

미래를 안다고는 하지만 모든 것을 알 수는 없었다. 정말 좋은 사람들을 만나지 못하고 하늘이 돕지 않았다면 지금의 자리까지 올 수 없었다.

신의주 특별행정구의 일도 갑작스럽게 쏟아진 폭우가 내리지 않았다면 쉽게 해결할 수 없었던 일이었다.

'앞으로 얼마나 많은 일이 벌어질까? 후후! 오늘은 두 놈하고 회포나 풀어야겠네'

강호와 신구를 본 지도 몇 개월이 되었다. 예전처럼 전화통화도 자주 하지 못하고 있었다.

수화기를 들어 비서실장에게 물었다.

"오늘 외부 일정이 어떻게 됩니까?"

―워커힐호텔에서 오후 5시에 주요경제인연합회 모임이 있으십니다.

"오늘 저녁에는 다른 일정을 잡지 마세요."

요새 늘 시간이 모자란 나는 저녁때도 여러 일을 처리해야만 했다. 더구나 이제는 나를 만나려는 사람들이 한둘이 아니었다.

—예, 알겠습니다.

비서실장과 통화를 끝내고는 곧장 두 놈에게 연락을 취했다.

"예, 이신구입니다."

—이 과장, 일은 잘하고 있나?

"야! 강태수 연락 좀 하고 살자. 이거 전화하기도 힘들어서야 쓰겠냐?"

—나도 그렇고 싶은데, 그게 잘 안 된다. 오늘 맛있는 것 사줄 테니까, 강호하고 나와라.

"오늘 전자과 동창회 날이야."

—동창회?

"그래. 연락을 하려고 해도 삐삐도 안 되고. 창선이하고 정수가 애들에게 전부 연락해서 한번 모이기로 했다."

—잘됐네. 정말 오랜만에 애들도 볼 수 있고. 장소가 어딘데?

"종로에서 저녁 7시 보기로 했다. 나올 수 있어?"

신구도 내가 얼마나 바쁜지는 어렴풋이 알고 있었다. 국내에 머무는 시간과 외국에 나가 있는 시간이 이제는 비슷해지고 있었다.

　─당연히 가야지. 그때 보자.

　"알았어. 늦지 마라."

　─그래.

　딸각!

　수화기를 내려놓고는 용선공업고등학교가 있는 방향을 쳐다보았다.

　너무 바쁘다는 이유를 대면서 친구들을 만나지 못했다. 자주 연락을 취했던 반 친구도 이젠 연락을 주고받지 못하고 있었다.

　"정말 내가 너무 무심했네."

　신은 공평해서일까? 얻는 것이 많아질수록 그에 따라 잃는 것도 적지 않았다.

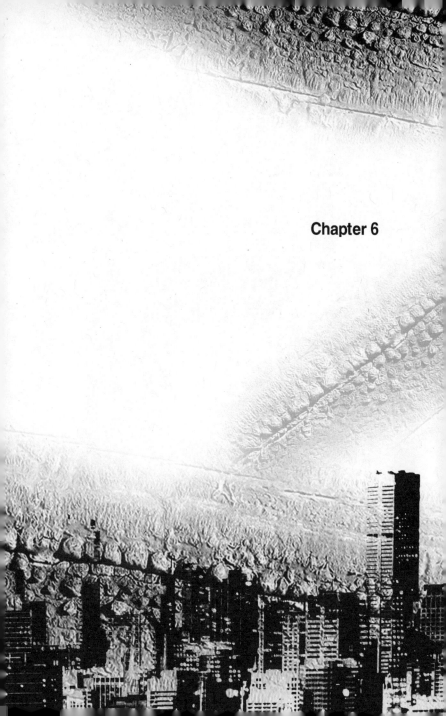

Chapter 6

　주요경제인연회 모임이 있는 워커힐호텔에 도착했다. 사실 이 모임에 참석한 이유는 신의주 특별행정구 때문이었다.

　대한민국의 주요 기업들의 협조 없이는 특별행정구의 성공이 쉽지 않았다.

　만나기 힘든 대기업의 주요인물들이 한자리에 모인 것은 다음 주로 다가온 대선과 기업인들 간의 친목을 위해서였다.

　대통령이 누가 되느냐에 따라서 정부의 경제정책이 바뀌

고 방향이 달라지기 때문이다.

기업인으로 이 모임에 초대된다는 것은 이젠 대한민국에서 엄연한 기업체를 거느리고 있다는 것으로 대변할 수 있다.

이 모임에 참석하려면 회원인 기업의 대표 추천과 함께 3명 이상의 회원 동의가 있어야만 했다.

더구나 대기업이 아니라면 자타가 공인하는 회사나 해당 업계에서 선두권에 있는 회사를 이끌어야지만 가능했다.

나 또한 그 조건에 해당하는 회사인 닉스와 블루오션을 운영하고 있었기에 이 모임에 초대된 것이다.

특별한 인물들이 모인 자리라서 그런지 경호와 의전을 담당하는 인물들도 주변 곳곳에 배치되어 있었다.

모임에 참석한 사람들이 타고 온 차량도 대부분 고급 외제 차량들이었다.

"별로 내키지는 않지만 잠깐 이따가 나오면 되겠지."

사실 내 머릿속에는 오랜만에 고등학교 친구들과 어울리고 싶은 생각뿐이었다.

"성함이 어떻게 되십니까?"

입구에서 젊은 미모의 안내원이 말을 붙였다.

"강태수입니다."

"강태수 대표님, 확인되었습니다. 안으로 들어가시지요."

넓은 홀 안에서는 이미 적지 않은 사람들이 자리하고 있었다.

"이쪽으로 오시지요."

밖에서 연락을 받았는지 안내원이 나를 자리에 안내했다.

안내원이 안내한 자리에는 세 사람이 앉아 있었다.

별로 좋은 기억이 없는 한라그룹의 정태술 회장과 대용그룹의 한문종, 그리고 대산그룹의 이대수 회장이 자리하고 있었다.

세 사람은 정민당의 한종태를 후원하는 인물이었고 흑천과 연계된 기업들의 오너였다.

마치 누가 일부러 내 자리를 이곳에 마련한 것처럼 자리가 배치되었다.

"하하! 어서 와요. 요새 무척 바쁘시지요?"

이대수 회장이 나를 보자마자 반갑게 맞이했다. 하지만 마주한 적이 없는 두 사람은 나를 위아래로 살피며 누구냐는 듯한 모습을 보였다.

"아, 예. 그동안 잘 계셨습니까?"

"강 대표님 염려 덕분에 잘 지내고 있습니다. 두 분은 강태수 대표님과 만난 적이 없으시지요?"

이대수 회장이 정태술과 한문종을 바라보며 말했다.

"아! 이분이 닉스의 강태수 대표님이십니까? 한라의 정태술입니다, 정말 반갑습니다."

정태술은 내게 손을 내밀며 악수를 청했다.

'별로 만나기 싫은 사람을 보게 되는군.'

닉스의 디자인실 직원들을 빼내라는 지시를 했던 인물이었다. 그 과정을 조사하면서 한라그룹이 어떻게 클 수 있었는지에 대해 자세히 알게 되었다.

한마디로 악덕 기업에 가까웠다.

"강태수입니다."

"이분이 요새 대한민국에서 가장 잘나가는 강태수 대표님이시구나. 대용의 한문종입니다."

옆에 있던 대용그룹의 한문종도 날 신기하게 바라보며 악수를 청했다.

대용그룹은 재계서열 25위로 작년보다 한 단계 올라섰다.

"반갑습니다. 강태수입니다."

"하하하! 잘나가는 정도가 아니지요. 이젠 세계를 누비면서 활동하시니까요."

웃으면서 말하는 이대수는 뭔가를 알고 있다는 말투였다.

"과찬이십니다. 여기 계신 분들 누구나 다 바쁘게 움직이시지 않습니까."

"하하! 그런가요. 하여간 강 대표님의 행보는 대단하십니다. 이번에 유원건설을 인수하셔서 만든 회사가 닉스E&C인가요?"

이대수 회장은 내가 하는 일에 많은 관심을 보였다.

"예, 건설 분야도 전망이 나쁘지 않은 것 같아서요."

"유원건설이 강 대표님한테 넘어갔군요. 저희도 인수 검토를 했는데 요구 조건이 까다로워서 보류했지요. 쳐내야 하는 놈들도 많고 해서 말입니다."

순간 정태술의 말을 잘못 들은 것이 아닌가 하는 생각이 들었다.

"하긴 새로운 회사를 인수하면 기존에 있는 놈들을 정리하는 게 골치가 아파요. 알아서들 나가면 좋은데, 악착같이 버티는 것 보면 거머리가 따로 없습니다."

한문종이 정태술의 말을 거들면서 말했다. 그의 말도 정태술과 다를 바가 없었다.

"우리끼리 하는 이야기지만 요새 월급 올려달라는 소리만 하지, 제대로 일을 하는 놈들이 없어요. 생각 같아서는 염치없이 노동자의 권리나 권익 같은 소리나 하는 놈들을 죄다 내보내고 싶지만 이게 또 마음대로 되나요. 정부의 간섭도 심해지고 사업할 맛이 안 납니다."

정태술이 푸념하듯 말했다. 그가 이끄는 한라그룹이 노동쟁의가 가장 많이 발생하는 기업 중의 하나였다.

대부분 임금 인상보다는 열악한 근무 환경을 개선하고자 하는 노동쟁의였다

문제는 노동쟁의에 참여하는 사람들을 마치 쓰레기를 내버리듯 가차 없이 내쳐 버렸다. 정치권의 비호를 받는 한라그룹이었기에 노동자의 합당한 목소리는 늘 관심을 받지 못하고 묻히고 말았다.

"은혜를 모르는 놈들입니다. 누구 때문에 밥 벌어 먹고사는지를 알지를 못합니다. 배가 고파 봐야 정신들을 차리지… 그런 놈들은 노예보다도 못한 놈들입니다."

한라그룹 못지않은 근무 여건을 가진 대용그룹도 직원들의 이직률이 높은 기업이었다.

'이런 생각들을 가지고 있다니……'

어처구니없는 생각들을 가진 사람들이 대한민국을 이끌어가는 대기업의 총수라는 것이 놀라웠다.

"아직은 허리띠를 졸라매고 악착같이 일을 해야 할 때입니다. 요새 젊은이들은 우리 때와 같지 않아서 회사에 대한 희생도 열정도 많이 부족합니다. 불모지와 같은 이 나라를 우리가 어떻게 일으켰는지를 제대로 알지 못해요. 이제 좀 살 만하니까 민주화라는 허울 좋은 말을 아무 데나 갖다 붙

여서 기업 활동에 지장을 줍니다. 정신들 좀 차려야 합니다. 이 나라는 기업이 먼저 살아야 부강해집니다."

이대수의 말 또한 두 사람과 별반 다르지 않았다.

"지당하신 말씀입니다. 여기 있는 강태수 대표님은 요새 젊은이와는 다르지 않습니까? 하하하!"

정태술은 웃으면서 나를 보았다.

"하하하! 그렇지요. 강 대표님은 달라도 너무 다르지요."

이대수 회장 또한 크게 웃으면서 말했다. 난 그들의 말에 아무런 답을 하지 않았다.

세 사람의 말과 생각에 헛구역질이 나올 것만 같았다.

이들은 대중들의 앞에서는 자신들의 회사에서 일하는 사람들을 노동자라고 말하겠지만, 마음속으로는 회사를 운영하고 돈을 버는 데 필요한 부속품이나 노예로 취급하는 것이 분명했다.

이들과 함께하는 순간 특별 강사로 초대된 미래학자인 앨빈 토플러의 강의가 내 머릿속에 전혀 들어오지 않았다.

* * *

워커힐호텔에 머무는 내내 마음이 불편했다. 신의주 특

별행정구에 대한 협조를 적극적으로 요청하려고 했지만, 한마디 말도 꺼내지 않았다.

아니, 세 사람과 이야기를 나누고 싶지 않았다.

대기업의 총수들이 모두 내 앞에서 웃고 떠드는 세 사람과 같지는 않겠지만, 어느 정도의 특권의식을 갖고 있다는 것은 감출 수가 없었다.

이 자리에 참석한 모두가 그러한 마음이 아닐까 하는 생각이 들었다.

오늘의 모임은 들어오고 싶다고 해서 들어올 수 있는 모임이 아니었다.

세계적인 명사를 초청해 미래에 대한 변화와 시대의 패러다임에 대해 토의하고 논의했다.

단지 먹고 마시는 자리가 아니었다.

이곳에 참석한 사람들만이 들을 수 있는 고급 정보들을 서로의 이야기 속에서 거리낌 없이 주고받았다.

더구나 이 자리에 참석한 기업인들과 언론 재벌들의 아들딸들은 서로 맺어져 사돈인 집안이 많았다.

견고한 성처럼 자신들만의 세계를 만들어가는 이 영역에 평범한 사람이 발을 들이거나 접근한다는 것은 무척이나 힘든 일이었다. 아니, 불가능에 가까웠다.

강의가 끝나고 식사가 나올 때쯤 이대수 회장이 내게 말을 붙였다.

"강 대표님이 올해 21살이지요?"

"예."

"내 딸내미가 하버드에서 공부를 하고 있는데, 방학을 맞아 한국에 나왔어요. 강 대표하고는 동갑인데, 한번 만나 보시겠습니까?"

이대수는 생각지도 못한 말을 내뱉었다. 나에게 자신의 딸을 소개하려고 했다.

사실 이대수의 딸은 이중호와는 배다른 남매간이었다.

"하하하! 우리 이 회장님이 강 대표님을 정말 좋게 보셨나 봅니다. 아끼시는 따님을 직접 중매하시는 걸 보면 말입니다."

정태술이 이대수의 말을 들으며 말했다. 정태술도 결혼하지 않은 딸이 있다면 강태수에게 소개해 주고 싶은 마음이 있었다.

이대수는 정태술의 말처럼 강태수를 특별히 생각하고 있었다.

'엮이고 싶지 않은데…….'

"죄송합니다만, 제가 할 일도 있고… 또 사귀는 여자친구도 있습니다."

"하하하! 여자친구가 있는 걸 몰랐습니다. 그래도 한번 만나나 보십시오. 제 여식이라서가 아니라 제 어미를 닮아서 그런지 생각이나 행동이 똑 부러집니다. 사실 제가 오늘 강태수 대표님에게 소개해 주려고 일부러 데리고 나왔습니다."

"예!"

난 이대수의 말에 깜짝 놀랄 수밖에 없었다.

"지루하게 우리하고 이야기하는 것보다 밖에 나가서 젊은 사람들끼리 이야기하는 게 재미있을 것입니다. 내 얼굴을 봐서 한번 만나나 봤으면 좋겠습니다."

"우리 이 회장님이 이렇게나 부탁하는 사람을 본 적이 없었습니다. 하하하! 이 회장님은 제 아들놈에게는 관심도 없으신 것 같습니다."

대용그룹의 한문종이 웃으면서 말했지만, 이대수 회장의 나에 대한 적극적인 구애에 짐짓 놀라는 모습이었다.

한문종도 나보다 나이가 두 살 많은 아들이 있었고, 미국에서 공부 중이었다.

'이런, 빼도 박도 못 하게 만드는구나. 여기서 거절하면 이대수 회장의 체면을 구기는 것인데…….'

국내 재계 서열 3위에 올라 있는 대산그룹과 좋지 않은 관계를 맺을 마음은 없었다. 더구나 대산그룹은 신의주 특별행정구에도 적극적으로 관심을 보였고, 계열사 두 곳의 공장을 특별행정구에 설립할 예정이었다.

"예, 그럼 만나보겠습니다."

"하하하! 고맙습니다. 마음에 들지 않으면 만나지 않으셔도 괜찮습니다."

이대수는 나의 말에 큰 소리로 웃으면서 말했지만 내심 기대하는 눈치였다.

"후! 괜한 말을 한 것 아닌지 모르겠네."

모임 장소에서 나오자마자 후회가 밀려왔다. 이대수 회장이 이렇게나 적극적으로 나올 줄은 몰랐다.

더구나 이중호에게 여동생이 있다는 말도.

"만나기만 하면 되니까. 빨리 끝내고 동창회나 가야지."

나는 워커힐호텔의 스카이라운지로 향했다. 그곳에서 이대수 회장의 딸이 기다린다고 했다.

한강이 훤히 내려다보이는 라운지에 들어서자마자 삐삐를 쳤다.

창가에 홀로 앉아 있는 젊은 여자 세 명 중 한 명이 삐삐를 확인하는 것이 보였다.

나는 곧장 그곳으로 걸어갔다.

"이수진 씨 맞으십니까?"

삐삐를 확인하던 이수진이 고개를 들어 나를 보았다.

"예, 제가 이수진인데요."

이수진의 얼굴에는 이대수 회장의 모습이 없었다. 한 송이 백합처럼 화사하면서 우아한 외모를 지닌 여인이었다.

한마디로 무척 아름다웠다. 그 모습이 가인이와 예인이에게 전혀 뒤지지 않았다.

이수진은 한 시대를 풍미했던 미모의 여배우인 이성림의 딸이기도 했다. 이성림은 여배우답지 않은 지성과 아름다운 외모로 유명했었는데, 전성기를 구가하던 시절 갑자기 은퇴를 하고는 미국으로 건너갔다.

'예쁘네.'

"삐삐는 제가 쳤습니다. 강태수입니다."

"아, 예. 말씀 많이 들었습니다. 앉으세요."

"예, 그럼."

"더 기다릴 줄 알았는데, 생각보다 일찍 오셨네요."

"지루해서 일찍 나왔습니다."

"그렇죠. 저희 아버지와 비슷한 분들이라면 다들 고리타분한 말들만 할 것 같아요. 한데 정말 대단하시네요. 오늘 모임은 아무나 올 수 없다고 들었는데, 젊은 나이에 벌써 그 위치에 오르시고."

이수진은 호기심이 많은 얼굴로 날 바라보았다.

"이 위치가 저는 별로 좋지는 않네요. 개인적인 시간이 점점 없어지거든요. 이런 점을 미리 알았다면 아주 천천히 일을 해왔을 것입니다."

"무슨 말씀인지 알겠어요. 지금 나이에 맞는 옷을 입는 것도 중요하죠. 너무 빨리 가면 쉽게 지치기도 하잖아요."

하얀 이를 드러내며 말하는 이수진은 재벌가의 여식답지 않은 모습이었다.

입고 나온 옷도 화려하지 않고 수수한 편이었다.

이수진의 뒤에 앉아 있는 여자와 비교하면 누가 재벌 집 여식인지 분간이 안 될 정도로 편안한 복장이었다.

"요새 그걸 느끼고 있습니다. 할 일은 점점 많아지는데, 쉬고 싶다는 생각이 많이 드네요."

이수진이 말 때문인지 나도 모르게 내 속내를 드러내는 말을 했다.

솔직히 여러 가지 일들로 지쳐 있었다.

"근데 쉬질 못하시겠죠? 자신에게 주어진 책임과 거느리고 있는 사람들 때문에요."

"후후! 잘 아시네요."

"그럼요. 저희 아버지가 어떻게 일을 하시는지 지금까지 봐왔는데요. 집에 오셔도 쉴 생각이 없으신지 서재에서 고민하고 생각하시다가 늘 새벽에 잠드셨죠. 지금은 예전과 같지는 않지만 그래도 잠을 그리 오래 주무시지는 못하시죠."

이수진의 말처럼 이대수 회장은 재계 3위의 대산그룹을 그냥 만든 것이 아니었다.

"그러게요. 입시 공부할 때보다도 더 잠잘 시간이 없어지네요. 이렇게 사는 것이 정답이 아닌데 말입니다."

"운명이에요. 제가 우리 아버지의 딸인 것처럼 말이에요. 사실 오늘 이 자리에 나온 건 아버지의 성화도 있었지만, 강태수 씨가 재벌가의 자제가 아니기 때문이에요. 아버지가 입에 침이 마르도록 칭찬한 분이 궁금하기도 했고요. 우리 아버지는 칭찬에 무척 인색한 분이신데 말이에요."

"그리 칭찬받을 만한 사람은 아닙니다. 재벌가 사람들을 싫어하시나요?"

"예. 우리 오빠를 비롯한 제가 만나본 사람들 모두 말이에요. 다들 속물근성이 대단하니까요. 먹고 배설하는 것이 다들 같은데, 자신들은 특별하다고 생각들을 하죠. 전 그런 특권의식이 싫어요."

"의외네요. 재벌가의 따님이 그런 생각을 한다는 게."

"전 어린 시절에는 찬밥 신세였거든요. 사실 저희 오빠랑 저는 배다른 남매지간이에요. 지금 생각하면 우리 엄마가 참 불쌍했죠. 죽자 살자 따라다닌 남자가 한둘이 아니었다는데, 고작 고른 남자가 우리 아빠라니……. 좀 그렇죠."

이수진은 솔직한 것인지 자신에게 불편할 수 있는 이야

기를 거리낌 없이 말했다.

'아! 이중호와 배다른 남매지간이었구나.'

"수진 씨를 보니까, 어머니께서 대단한 미인이실 것 같습니다."

"지금도 무척 예쁘세요. 아직도 30대로 보인다니까요. 정말이지 나이를 거꾸로 드시는 것 같아요."

"오빠하고 친하게 지내십니까?"

난 이중호와의 관계가 궁금했다.

"겉으로는 친한 것 같은데. 음, 그 속마음은 저는 잘 모르겠어요. 내가 오빠라고 잘 부르지 않아서 그런지."

"오빠라고 잘 안 하세요?"

"우리 엄마에게 엄마라고 하지 않으니까요. 그래서 저도 오빠란 소리가 잘 나오지 않아요."

"그럼 뭐라고 하시는데요?"

"삼돌이요. 물론 둘이 있을 때만 그렇게 부르죠. 안 그랬다가는 아빠가 절 그냥 두지 않으시겠죠."

"하하하! 삼돌이요?"

"왜 그렇게 통쾌하게 웃으세요. 오빠를 아세요?"

"예, 저도 서울대 경영학과를 다니고 있습니다. 지금은 군대 문제로 휴학계를 낸 상태이고요."

"아! 그러셨구나. 오빠에게는 절대 비밀이에요. 보통 성격이 아니라는 걸 잘 아시죠?"

"하하하! 물론입니다."

"너무 즐거워하시는 것 아니에요?"

"도도하고 자존감 넘치는 모습에다가 삼돌이를 매칭하니까, 웃음이 절로 나오네요."

"후후! 그건 그렇긴 하네요. 오빠하고는 친하세요?"

"친하다고 말할 수는 없습니다. 그냥 얼굴을 알고 지내는 선후배 사이라고 말하는 게 좋겠네요."

사실 이중호를 그다지 좋게 생각하지 않았다. 물론 나와 생각이 다른 이대수 회장도…….

"근데 정말 궁금한데요. 어떻게 저와 같은 나이에 큰 회사들을 거느릴 수 있으셨어요?"

"글쎄요, 운이 좋았다고 말하기도 우습고… 뭐라고 말해야 할지 모르겠네요."

"저는 태수 씨의 능력이라고 보는데요. 저도 아빠에게 이야기를 듣고서 태수 씨가 운영하는 회사들을 궁금해서 알아보았는데, 다들 동종 업계에서 선두를 달리고 있더군요. 더구나 회사가 창립한 지 얼마 되지도 않았는데 말이에요. 그거에 저는 정말 놀랐어요."

이수진은 뭘 숨기거나 꾸밈이 없는 아가씨 같았다. 관심을 가진 것에 대해서 거침없이 질문을 던졌고, 자기 생각을 이야기했다.

"솔직히 저도 회사가 생각보다 빠르게 커 나가는 것에 놀랄 때가 많습니다. 수진 씨는 무슨 공부를 하고 계십니까?"

"법이요. 좀 고리타분하게 보이지요?"

의외였다. 전혀 다른 분야를 전공할 것처럼 보였기 때문이다.

"아닙니다. 재미는 있으세요?"

"예, 혼자서 몰입하기가 좋은 학문이니까요. 제 적성에 맞는 것 같아요. 태수 씨는 여자 친구가 있으시죠?"

'알고 나온 건가?'

"예, 사실 만나는 친구가 있습니다. 미안합니다."

"아니, 괜찮아요. 그럴 것 같았어요. 저는 아직 남자친구가 없네요. 사실 친한 여자친구도 그리 없고요. 일곱 살 때부터 미국에서 공부하고 생활했거든요. 학교도 여러 번 옮겨 다니다 보니까 마음을 터놓고 이야기할 친구를 제대로 사귀지 못했어요. 그래서 한국에 들어올 때마다 많이 심심해요."

"그렇겠네요. 사실 오늘 고등학교 반 친구들의 모임이 있는 날입니다. 갑작스럽게 이 회장님이 수진 씨의 이야기를 꺼내지 않았다면 지금쯤 종로에 가 있었을 겁니다."

"이런! 제가 시간을 뺏은 거네요. 빨리 가셔야 하는 것 아니에요?"

"아직 30분 정도 여유가 있습니다."

"다행이네요. 저도 그런 모임이 있었으면 좋겠어요. 오빠가 소개해 준 모임을 나가 봤는데 저하고 맞지 않더라고요. 다들 고상한 척하는 모습이 우습기도 하고 답답해 보이기만 해서요."

말을 꺼내는 이수진의 모습이 무척이나 외롭게 느껴졌다.

"같이 가보실래요?"

내가 무엇 때문에 이 말을 했는지 모르겠지만, 그냥 나혼자 자리에서 일어나기가 미안했다.

친구가 없다는 그녀의 말이 왠지 마음에 걸렸기 때문일수도 있었다.

"그래도 괜찮아요?"

이수진은 내 제의에 거절할 의사가 없었다. 호기심이 가득한 얼굴로 내게 물었다.

"수진 씨에게는 재미없을 수도 있습니다."

"집에 혼자 있는 것보다는 훨씬 낫겠죠. 서울에 자주 왔어도 지리를 잘 몰라서 어딜 가지 못했어요. 저도 사람들과 왁자지껄 떠들고 어울리고 싶어요. 제 주변 사람들은 절 무척 어려워하거든요."

그녀가 무엇을 말하는지 알 것 같았다. 재벌가의 딸이라는 꼬리표는 솔직히 누구에게나 부담되는 것이었다.

거기다가 미국의 명문대인 하버드에서 법을 공부하는 미모의 아가씨에게 말을 붙이기는 더욱 쉽지 않을 것이다.

"그럼 일어나시죠. 제 친구 중에 수진 씨를 보자마자 관심을 드러내는 친구가 있을 것입니다."

이수진의 모습을 보자 순간 강호가 떠올랐다. 예쁜 여자만 보면 물불 안 가리고 저돌적이라는 게 큰 장점이었다.

"그래요? 재미있을 것 같네요."

이수진은 활짝 웃으면서 말했다.

반 친구들의 모임 장소는 종로서적 뒤편에 있는 한 호프집이었다.

넓은 공간에서 많은 사람들이 술을 마시고 있었다.

"몇 분이세요?"

입구에 들어서자 종업원이 물어왔다.

"모임 때문에 왔는데……."

"태수야! 여기다."

그때 날 알아본 신구가 손을 흔들며 소리쳤다.

맨 오른쪽 창가에는 사십 명 정도 되는 인원들이 모여 있었다.

"저긴가 보네요."

내 옆에 있는 이수진에게 말했다.

"아, 예."

"좀 시끄럽죠."

"아니요, 좋은데요. 이런 데는 처음 와 봐요."

이수진의 표정은 밝았고 무척 재미있어 하는 표정이었다.

"다들 이렇게 살아갑니다. 퇴근 후에 가볍게 맥주 한잔하면서 하루의 스트레스를 풀죠."

"저도 오늘 그러고 싶어요."

이수진의 대답을 듣고 있을 때 내 어깨를 치는 사람이 있었다.

"강태수! 요새 뭐 하고 다니길래 연락하기가 그렇게 힘드냐?"

고등학교 때 잘 어울렸던 반 친구인 김경동이었다. 경동이도 이제 막 도착한 것 같았다.

"그렇게 됐다. 넌 요새 어때?"

"그렇지, 뭐. 사회생활이 생각보다 싫지 않더라고. 너처럼 대학이나 진학할까 고민 중이다. 한데, 이분은?"

경동이가 내 옆에 있는 이수진을 발견하고 물었다. 늘씬한 몸매와 뛰어난 외모를 지닌 이수진의 모습에 살짝 놀라는 눈치였다.

"어! 아시는 분의 따님인데, 시간이 되신다고 해서 같이

왔다."

"안녕하세요. 이수진이라고 합니다."

이수진은 내가 소개하자마자 고개를 숙여 경동이에게 인사를 건넸다.

"아! 안녕하세요. 김경동입니다. 무척 예쁘시네요. 혹시 모델이세요?"

"아니에요. 예쁘게 봐주셔서 고맙습니다."

이수진은 환하게 웃으면서 머리카락을 옆으로 쓸어 넘겼다. 그 모습이 무척이나 아름답게 다가왔다.

"뭐 하고 있어, 입구에 서서? 왔으면 빨리 앉아."

강호였다.

"그래야지. 태수가 여자친구 데리고 왔다. 완전히 끝내준다."

경동이가 강호의 옆을 지나며 작게 이야기를 전했다.

"가인 씨가 온 거……."

강호는 말을 끝까지 잇지 못했다. 내 옆에 있는 인물은 송가인이 아니었기 때문이다.

Chapter 7

　자리에 앉자마자 강호는 내 옆에 바짝 앉아 이수진에 관해 묻기 시작했다.

　"누구시냐?"

　초롱초롱한 눈망울로 이수진을 훔쳐보는 강호의 눈은 먹이를 발견한 사냥꾼처럼 날카로워져 있었다.

　잠깐 이수진이 화장실을 간 사이 집중적인 질문이 이어졌다.

　"왜, 궁금해?

　"그걸 말이라고 해. 혹시, 가인 씨 몰래 바람피우는 건 아니겠지?"

"너 같으면 이렇게 대놓고 피우겠냐?"

"아니지. 그러니까 누구시냐고?"

"궁금하면 네가 직접 물어봐."

"정말 이러기야."

"신구 말 들으니까 요새 만나는 여자 있다며. 그리고 너하고는 레벨이 다르니까, 괜히 접근하지 마. 상처만 받는다."

"상처를 받아도 내가 알아서 치료할 테니까, 누구냐고?"

"하여간 변함이 없어. 마음에 드냐?"

"정말 꿈에 그리던 이상형이다. 꿈에서나 보던 사람을 현실로 접하니까, 정말 미치겠다."

"아니, 예인이도 꿈에 그리던 이상형이라고 하지 않았었냐?"

"정말 넌 이해를 못 하니. 꿈에 이상형이 두 명이 나온 거지."

강호의 말에 할 말이 없었다.

"야! 정말 대단하다, 대단해."

"태수야, 나 정말 회사생활도 열심히 하고 있다. 전도유망한 직장을 갖고 있지, 대학 생활도 열심이지. 월급도 반 친구들보다 많이 받지. 어디다 내놔도 나 같은 인재가 없다."

야간대에 들어간 강호는 학교를 잘 다니고 있었다.

"월급은 사장을 잘 만나서 많이 받는 거지."

"그건 그렇지. 강 대표님, 절대 충성. 죽는 거만 빼고 뭐든지 시키시면 다 하겠습니다."

강호는 애걸복걸하면서 매달렸다. 이런 걸 예상했었지만, 그 정도가 심했다.

"정말 널 위해서야. 너랑은 힘들다. 아니, 네가 감당하지 못해. 보통 집안이 아니다."

솔직히 강호가 감당할 수 없었다.

대산그룹 이대수 회장의 하나밖에 없는 고명딸을 평범하기 이를 데 없는 강호가 넘보기에는 엄청난 높이의 산을 넘고 대해와 같은 강을 건넌다 해도 될까 말까였다.

아니, 불가능에 가까웠다.

이대수 회장은 이수진을 정말 아끼고 자랑스러워했다.

아름다운 외모는 물론이고 머리까지 뛰어나 장학금까지 받으면서 대학 생활을 하고 있었다.

더구나 특별 의식과 자존심으로 똘똘 뭉친 이중호가 가만있지 않을 것이다.

"네가 극복할 문제가 아니잖아. 정말 치사하게 나올 거야?"

"뭐가 그렇게 치사한데, 대표님께 큰 소리를 지르냐?"

다른 테이블에서 술을 마시던 신구가 맥주잔을 들고 오면서 물었다.

"뭐겠니?"

"야, 예쁘기만 하면 뭐 하냐? 여자는 자고로 마음이 착해야 해."

"퍽이나 착한 여자 만나서 좋겠다. 난 너하고 다르니까, 끼어들지 말고 맥주나 마셔라."

"태수야, 절대 소개해 주지 마라. 이놈은 병도 아주 지랄맞은 중병에 걸렸다."

신구는 고개를 절레절레 흔들며 말했다.

그때 화장실에서 이수진이 돌아왔다. 긴 머리를 머리끈으로 단정하게 묶고 나온 모습이 새롭게 느껴졌다.

정말 강호가 내게 매달릴 만큼 우아하고 아름다웠다.

그 때문에 전자과 여자친구들이 우리 테이블에는 앉지 않았다.

"제가 맥주 한 잔 따라 드리겠습니다."

이수진이 앉자마자 강호는 생맥주 잔을 들었다.

"아, 예. 많이 주지는 마세요. 제가 오늘 생맥주는 처음 마셔 봐서요."

이수진의 말처럼 그녀는 이런 술자리는 처음이었다. 아버지인 이대수 회장과 집에서 와인을 조금 마실 뿐이었다.

"아! 예. 절반만 따르겠습니다."

강호는 조심스럽게 이수진의 술잔에 생맥주를 따랐다.

"우리 건배할까요? 이렇게 만난 것도 인연인데."

"물론이죠."

이수진이 건배를 제의하자 강호는 기다렸다는 듯이 잔을 들었다.

이수진은 낯선 모임인데도 아무렇지 않게 잘 어울렸다.

문제는 내가 반 여자친구들하고 이야기를 나눌 수 없다는 것이었다. 반 친구들은 다들 직장생활 때문인지 전부 참석하지는 않았다.

서로의 안부를 묻는 과정에서 같은 반 친구인 김정수가 명성전자에 새롭게 입사했다는 것을 알게 되었다.

인사 관리에 있어 중간 관리급 이상의 입사가 아닌 상황에서는 일절 관여하지 않고 있었다.

"명성전자는 어때?"

정수는 명성전자의 대표가 나라는 사실을 알지 못했다.

"정말 좋아. 근무 여건도 이전 회사하고는 비교도 안 된다. 구내식당에서 나오는 식사도 대기업보다 낫지, 절대 떨어지지 않아. 입사 경쟁률이 10 대 1이었다니까."

정수는 꽤 자랑스럽게 말했다.

"일은 할 만하냐?"

"회사가 비전이 있으니까, 힘들어도 참고 일해야지. 넌 학교생활은 어때?"

"군대 문제 때문에 휴학 중이야."

"그래. 나도 조만간 가야 할 것 같은데, 어떻게 해야 할지 모르겠다. 아버지가 아프셔서 일을 좀 더 해야 하는데 말이야."

정수의 아버지는 말기 신부전증을 앓고 계셨다. 어머니와 누나도 일을 하지만 그것만으로는 투석 비용 때문에 생활이 힘들었다.

"명성전자가 병역특례업체는 아니냐? 병역특례업체라면 산업 특례병으로 회사에 계속 근무할 수 있잖아"

"그걸 확인하지 못했네. 내일 한번 알아봐야겠다."

"그래라. 네가 군대에 가면 어머니하고 누나가 힘들잖아."

명성전자에 병역특례 정원은 한두 명 더 여유가 있었다.

"그러게 말이야. 한데 누구냐? 신구의 말로는 여자친구는 아니라며."

정수가 이수진을 보며 말했다. 잠깐 친구들과 이야기를 나누겠다고 테이블을 옮긴 상황이었다.

"아시는 분의 따님이야. 방학이라서 한국에 들어왔는데,

친구가 없고 심심하다고 해서 같이 오게 됐다. 나랑은 아무 관계도 아니야."

"그래서 강호가 저렇게 열심을 내는 거냐?"

정수의 말처럼 강호는 계속해서 이수진에게 말을 붙이면서 환심을 사려고 노력 중이었다.

"잘 알잖아. 특기가 못 먹는 감 찔러라도 보자."

"하하하! 맞아, 껄떡쇠가 어디 가겠어."

내 말에 크게 웃는 정수의 말처럼 강호를 잘 알고 있는 친구들은 강호를 껄떡쇠라고 불렀다.

"미국에도 친구가 없으세요?"

강호는 쉬지 않고 이수진에게 질문을 던졌다.

"몇 명 있긴 있는데, 한국인 친구는 없어요. 한데 태수 씨의 여자친구는 어때요?"

이수진은 무척 궁금하다는 듯이 물었다.

"가인 씨가 아깝죠. 얼굴 예쁘죠, 키도 크고, 몸매도 장난이 아닙니다. 하여간 저놈은 복을 타고났다니까요."

"그렇게 예뻐요?"

이수진은 궁금한 듯 강호에게 물었다.

"제가 봤을 때는 수진 씨보다는 조금 떨어집니다. 오히려 쌍둥이 동생인 예인이가 제 눈에는 더 예뻐 보이더라고요."

"태수 씨가 사귀는 여자친구가 쌍둥이인가요?"

"예, 이란성 쌍둥이라서 외모는 다르죠. 뭐 저한테 궁금한 것은 없으십니까?"

강호의 질문에 이수진의 입에서는 원하는 대답이 나오지 않았다.

"건배하실래요?"

'내가 그렇게 매력이 없나. 태수하고 비교해도 전혀 떨어지지 않는데······.'

"아, 예."

강호는 살짝 실망한 눈빛이었지만 내색할 수 없었다. 강호는 계속해서 이수진에게 말을 붙였고, 이수진은 나에 관해서만 관심을 가졌다.

1시간 반 정도 호프집에 머물다가 2차를 가는 친구들과 집으로 향하는 친구들로 나누어졌다.

생각 같아서는 2차를 가고 싶었지만, 이수진 때문에 그럴 수가 없었다. 더구나 혼자서 택시를 태워 보내기도 뭐했기 때문에 집까지 데려다줄 수밖에 없었다.

"즐거웠습니까?"

"예, 재미있었어요. 다음에도 이런 자리가 있으면 또 초대해 주세요."

이수진은 오늘 모임을 재미있게 즐긴 것 같았다.

"하하! 그럴게요. 집이 어디시죠?"

"데려다주시려고요?"

"예, 예쁜 숙녀분을 밤에 혼자 보낼 수는 없으니까요."

"저, 이건 제 삐삐 번호예요. 많이 바쁘신 것 아는데, 언제 제가 식사나 한번 대접하고 싶어서요."

이수진은 언제 적었는지 자신의 삐삐 번호와 집 전화가 적힌 메모지를 내게 주었다.

"예, 알겠습니다."

나는 이수진과 만남이 더는 없을 것으로 생각했다.

"저한테는 안 주세요?"

연락처를 요구하는 그녀의 말에 어쩔 수 없이 지갑에서 명함을 꺼내주었다.

"아, 예. 여기 있습니다."

"귀찮게는 하지 않을게요. 저도 그 정도는 알고 있어요."

내 명함을 받아 든 이수진은 밝게 웃으면서 말했다.

이수진의 집은 한남동에 자리 잡고 있었다. 엄밀히 말하면 이대수 회장의 집이었고, 서울 시내와 한강을 한눈에 내려다볼 수 있는 위치에 자리 잡고 있었다.

그 주변으로 재계의 내로라하는 재벌 총수들의 집과 대

사관저, 그리고 영사관이 즐비하게 자리를 잡고 있어 어느 곳보다 방범과 보안이 철저했다.

택시를 타고 도착한 곳에는 500평이 넘는 대지에 지어진 저택이 자리 잡고 있었다.

한눈에 보더라도 위화감이 드는 집이었다.

높은 담벼락 주변으로는 한 그루에 수천만 원에서 수억 원이 넘어가는 멋진 소나무들이 자태를 뽐내고 있었다.

"집이 정말 멋진데요."

"집이 너무 커요. 식구들도 많지 않은데."

"어머니는 따로 사신다고 하셨죠?"

"예, 불편한 걸 싫어하셔서요. 오늘 덕분에 즐거웠어요."

국내로 들어온 이수진의 어머니는 이중호와의 관계가 껄끄러워서 따로 지내고 있었다.

"저도 즐거웠습니다. 그럼 가보겠습니다."

그때였다.

빵빵!

최신형 BMW 한 대가 저택 쪽으로 올라오더니 경적을 울렸다.

뒤돌아 차를 쳐다보자 운전석에서 이중호가 내리고 있었다.

"야! 잘나가는 강태수를 우리 집 앞에서 다 보네. 웬일이냐?"

이중호의 말투는 예전 같지 않았다. 마치 나를 경계하는 듯한 말투였다.

"날 데려다가 주느라고."

나 대신 이수진이 앞쪽으로 나서며 대답을 했다.

"뭐냐? 정말 아버지가 소개해 준 거야?"

이중호는 이대수 회장이 이수진을 소개한 것을 알고 있는 듯했다.

"아버지의 뜻이었지만, 난 태수씨가 마음에 드는데."

이수진은 일부러 이중호가 들으라는 듯이 말했다.

'후! 여기 있다가는 좋은 일이 없을 것 같은데……'

"전 이만 가보겠습니다."

이수진과 이중호에게 인사를 건네고 돌아서려고 했다.

"잠깐! 혹시 처남이 될지도 모르는데, 들어가서 술이나 한잔하자. 이왕 여기까지 왔으니까."

이중호는 약간 비아냥거리는 듯이 말했다.

'후후! 처남이라고……'

"아닙니다. 가서 해야 할 일이 있습니다."

"야! 강태수, 학교 선배로서 말하는 거야. 너하고 할 이야기도 있으니까, 잔말 말고 따라 들어와라."

이중호는 막무가내였다.

"잠깐만 있다가 가세요. 오빠가 성격이 저래도 속은 깊은 사람이에요."

"그럼 딱 30분만 있다 가겠습니다."

난 일부러 시간을 정했다.

"예, 제가 시간이 되면 말씀드릴게요."

이수진은 하얀 이를 드러내며 흡족한 표정으로 말했다.

저택 안으로 들어서자 또 하나의 별천지가 펼쳐져 있었다. 넓은 잔디밭 주변으로 기암괴석과 기이한 모양새의 소나무들이 어우러져 있었다.

저택 뒤편으로도 아름드리나무들이 작은 숲을 만들어내듯이 자태를 뽐내고 있었다.

산책을 하기에도 좋을 것 같은 작은 숲에서는 새소리가 들려왔다. 마당 앞쪽으로 도도하게 흘러가는 한강이 훤히 보였고 뒤편으로는 남산이 한눈에 들어왔다.

정말 잘 꾸며진 아름다운 정원이었다.

집 안으로 들어서자 일을 봐주는 아주머니와 한 남자가 인사를 건네왔다.

이들은 집에 상주하는 사람이었다.

이대수 회장의 집에는 출퇴근하는 아주머니 한 분과 운

전기사 겸 경호원 세 명이 더 있었다.

"아버지는요?"

"회장님은 아직 돌아오지 않으셨습니다. 조금 늦으신다고 하셨습니다."

이중호의 말에 50대로 보이는 남자가 정중히 말했다.

"저희 술안주를 지하로 가져다주세요."

이중호는 일을 보는 아주머니에게 말했다.

"고기로 준비할까요? 횟감도 좋은 게 들어왔거든요."

"둘 다 주세요. 술 좀 마셔야 하니까요."

이중호는 내 의사와 상관없이 말했다.

"자, 우린 밑으로 내려가자. 수진이 너는 어떡할래?"

이중호는 이수진을 바라보며 말했다.

"옷 갈아입고 내려갈게."

"그래라. 우리가 먼저 내려가자."

이중호가 이끄는 곳에는 지하로 내려가는 엘리베이터가 있었다.

엘리베이터에는, 지상은 2층 지하는 3층까지 표시되어 있었다. 집 안에 엘리베이터가 있는 건 처음 보았다.

엘리베이터는 지하 2층에서 멈췄다.

문이 열리자 넓은 공간이 나왔고, 앞쪽으로 고급 당구대와 운동 장비들이 있었다.

옆으로 나 있는 복도를 따라가자 고급 바를 연상시키는 장소가 나왔다.

술을 진열해 놓은 진열장에는 고급 양주들이 빼곡히 놓여 있었다.

"무슨 술을 좋아하냐? 와인를 좋아하면 와인으로 하고."

말을 건네면서 이중호가 벽에 있는 스위치를 누르자 전면에 있던 차단막이 올라가면서 한강이 바로 눈앞에 들어왔다.

지하라고는 하지만 높은 지대에 위치한 덕분에 한강을 보면서 술을 마실 수 있게 만들어 놓은 것이다.

일반 서민들은 꿈도 못 꾸는 환경이었다.

테이블과 의자들도 모두 이탈리아에서 직접 들여온 명품이었다.

"전 아무거나 좋습니다."

"그러면 이걸로 하자. 수진이는 와인를 좋아하니까."

이중호가 와인 보관 창고에서 집어 든 술은 샤또 마고 90년산으로 100만 원이 훌쩍 넘어가는 그랑 크뤼(Grand Cru) 1등급 프랑스산 와인이었다.

샤또 마고는 다른 특등급 와인들에 비해 품질의 일관성에서는 뒤떨어지지만, 작황이 좋은 해에는 타의 추종을 불허하는 신비로운 맛을 내는 것으로 오래전부터 그 명성을 떨쳐온 와인이었다.

능숙하게 코르크 마개를 딴 이중호가 잔 가득히 와인을 따랐다.

"마셔 봐라. 괜찮을 거다."

이중호의 말처럼 와인 잔에서 풍겨오는 향기가 남달랐다.

"감사합니다."

"아버지께서 너에게 수진이를 소개해 준 것은 널 확실히 인정했다는 의미인데. 수진이는 어떠냐?"

이중호가 와인을 입에 가져가며 궁금한 듯 물었다.

"전 사귀는 여자가 있습니다."

"하하! 알고 있어. 서울대 퀸카로 소문이 자자한 가인이 잖아. 하지만 수진이와 비교하면 그 친구가 부족한 면이 많 잖아."

가인이도 같은 서울대 경영학과였기 때문에 이중호도 가 인이를 알았다. 더구나 학교에서는 나와 가인이가 늘 붙어 다녀 캠퍼스 커플인 것은 같은 과 선후배들은 대부분 알고 있었다.

"뭐가 말입니까?"

"그걸 내가 꼭 내 입으로 말해야 알겠어. 한마디로 신분 차이가 확연히 나잖아."

이중호는 이전부터 우월주의가 남달랐다.

"중세 시대도 아니고, 신분 차이는 좀 아닌 것 같습니다."

"하하하! 네가 아직 이 나라에 대해서 모르는 것 같아. 이미 대한민국은 신분 제도가 확연히 잡혀 있는 나라야. 모든 법과 제도가 우리 같은 사람을 옹호하고 보호하기 위해서 만들어지고 또 불필요한 것은 사라지지."

이중호의 말에는 뼈가 있었다. 대산그룹은 물론이고 각 대기업에서는 기업 친화적인 법률 제정과 제도를 위해 정치인들에게 상당한 투자를 하고 있었다.

더구나 그러한 법들을 이용하고 활용하기 위해서 실력이 뛰어난 법조인들을 고용했다.

눈에 띄는 특별한 사고를 치지 않는 한 이중호와 같은 인물은 법에 잣대로는 심판할 수 없었다.

"너무 과하게 보신 것 아닙니까? 이 나라도 정의가 있고 생각이 있는 인사들이 있는데요."

"정의가 밥 먹여 주나? 너도 사업을 해서 잘 알잖아. 먹고사는 문제가 해결되지 않은 정의는 공허한 메아리일 뿐이야. 대학생들이 우리 대산그룹에 기를 쓰고 들어오려는 이유가 뭔지 알아?"

"……."

난 이중호의 말에 답을 하지 않았다.

"남들보다 잘 먹고 잘살기 위해서지. 이걸 실현해 줄 힘을 쥐고 있는 사람을 같은 레벨로 보면 안 되지."

대산그룹은 대기업 중에서도 급여가 높았다. 직원 복지도 잘되어 있어 해마다 대학을 졸업하는 우수한 대학생들이 대산그룹에 많이 지원했다.

"그 힘을 이용해서 사람들을 불행하게 하는 기업들도 많지 않습니까?"

우월한 힘을 이용해 협력 업체들에게 불공정한 거래를 강요하거나 이익이 되는 일이라면 중소기업들의 먹거리까지 잠식하면서 물불을 가리지 않고 달려드는 기업들이 적지 않았다.

"이 나라의 법과 제도를 이용할 뿐이지. 자본주의 사회는 언제나 이익을 따라 움직이는 거야. 이익이 나지 않으면 기업은 존재 가치가 없잖아. 난 자선사업을 하려고 회사를 운영하는 사람이 아니야. 내 귀한 시간을 써가면서 재미도 없는 일에 매달릴 정도로 어리석지도 않고 말이야."

"글쎄요. 저는 선배와 생각이 많이 다르네요. 제 행복도 중요하지만, 저와 함께하는 사람들의 행복도 중요하니까요."

"하하하! 내가 이래서 태수를 마음에 두는지 모르겠어.

서로를 잡아먹지 못해서 안달이 나 있는 이 정글 같은 세상에서 센티멘탈한 감성을 갖고 있으니 말이야. 하긴 아직 네가 한 일 중에서 실패가 없었으니까 그럴 수도 있겠지. 하지만 위로 올라가면 올라갈수록 어느 순간 벽에 부닥치는 일이 생길 거다. 그때는 우리와 같은 사람들의 힘이 필요하게 되지."

이중호가 말을 끝마칠 때 화장기 없이 편안한 복장을 한 이수진이 안주를 들고 내려왔다.

"무슨 재미있는 이야기들 좀 나눴어요? 이것 좀 드셔 보세요."

접시에 담긴 것은 먹음직스러운 찹스테이크와 보기 좋게 만들어낸 참치다다끼였다.

"재미없는 이야기였어. 태수는 나와 생각이 좀 달라서 말이야."

"사람마다 생각이 다른 것은 당연한 거잖아."

"하하하! 벌써 태수 편을 드는 거야? 정말이지, 태수가 마음에 든 것 같은데?"

이중호가 큰 소리로 웃으면서 말하자 이수진의 양 볼이 살짝 붉어졌다.

"엉뚱한 소리 말고 나도 한잔 따라줘."

"미안합니다. 제가 드리겠습니다."

난 이수진이 든 잔에 와인을 따랐다.

"고마워요. 오빠 말은 신경을 쓰지 마세요. 자기중심적인 사고를 갖고 있으니까요."

"야~ 아! 정말 외롭네. 내 편이 없으니 말이야."

"그러면 수연이라도 부르지그래."

이중호와 사귀고 있는 정민당 한종태 사무총장의 딸인 한수연도 근처에 살고 있었다.

한종태 사무총장은 이번 대선 이후에 당 대표로 추대될 예정이었다.

"정말 그래야겠는데. 수연이도 태수를 많이 궁금해했는데 말이야."

같은 과 동기인 한수연은 백단비와의 일로 인해 서먹해진 상황이었다.

"오늘은 아닌 것 같습니다. 저도 일찍 일어나야 하고요."

"뭐, 네가 원하지 않는다면 관두지. 하여간 난 수진이와 네가 진지하게 한번 만나 보길 원한다. 솔직히 난 너에 대해서 관심이 많거든."

"전 여자……."

내가 말을 하기 전에 이중호가 말을 끊었다.

"그건 잘 알고 있잖아. 그걸 굳이 수진이 앞에서 강조할 필요는 없어 보인다. 난 네가 좀 더 넓게 봤으면 하는 거야?

만약 내가 네 입장이었다면 난 뒤도 안 돌아보고 곧바로 결정했을 거다. 자! 그건 됐고, 우리 세 명이 만난 기념으로 건배하자."

이중호의 말에 난 말없이 잔을 부닥쳤다.

대산그룹의 이대수 회장과 이중호가 날 어떻게 생각하는지 알게 된 하루였다.

난 이수진에게 말했던 30분보다 30분을 더 머문 후에야 저택에서 나올 수 있었다.

"태수가 정말 마음에 드는 거냐? 태생이 다른 놈인데."

이중호는 손에 든 양주잔을 입으로 가져가며 말했다.

"왜? 아닌 것 같아?"

"후후! 웬만한 남자를 발가락의 때처럼 우습게 여기는 천하의 이수진이 다른 모습을 보이길래 말이야."

"태수 씨는 웬만한 남자가 아니잖아. 너처럼 운이 좋아서 대단한 집안이라고 칭하는 곳에서 태어나지 않았는데도 자기만의 길을 걸어가잖아. 난 그게 좋아 보이는데."

이수진은 단둘이 있게 되자 이중호에게 오빠라고 부르지 않았다.

이중호도 그걸 어색해하지 않았다.

"그 길이 이제 곧 진흙탕으로 변하면 어떻게 될까? 그래도 네가 태수를 선택할까? 자신의 몫을 챙기기 위해서 법을 전공할 정도로 대단한 분이 말이야."

"후후! 그걸 내가 말해줄 필요는 없을 것 같은데. 찌질하게 질투하는 모습은 보이지 말고, 한 번이라도 남자답게 행동해 봐. 그러니까 아빠가 널 아직 대산의 후계자로 생각하지 않는 거야."

"말조심해."

이수진의 말에 이중호의 미간이 좁혀졌다.

"그럼, 잘 생각해 봐. 아빠가 왜 날 강태수에게 소개해 주었는지 말이야."

이수진은 차가운 미소를 띤 채 뒤돌아서 자신의 방으로 향했다.

펙!

그리고 곧이어 양주잔이 벽에 부딪혀 산산이 부서지는 소리가 들려왔다.

"내 앞을 막아서면 그 누구도 가만두지 않을 거야. 절대로……."

입술을 앙다물며 말하는 이중호의 눈에는 적개심이 가득했다.

Chapter 8

정말 길게 느껴진 하루였다.

오랜만에 친하게 어울렸던 고등학교 친구들과 어울렸던 것도.

뜻하지 않게 이대수 회장의 딸인 이수진을 만난 일도…….

더불어서 함께 살아가는 세상은 하나인데 살아가는 방식과 삶은 제각기 달랐다.

일반 사람들은 꿈도 못 꾸는 저택에서 풍족하게 살아가는 사람이 있는 반면에 내일을 장담하지 못하며 하루 먹거리에 만족하면서 사는 사람도 있었다.

"후후! 백성들의 가난은 나라님도 해결하지 못한다고 했는데……. 휴! 신의주 특별행정구가 기업들의 배만 불리면 안 되는데 말이야."

집 안으로 들어가지 않고 마당에 있는 평상에 앉아 이런 저런 생각에 빠졌다.

그때 뒤에서 소리가 들려왔다.

"뭘 그렇게 하늘을 보면서 한숨을 쉬고 있어, 왔으면 들어오지 않고. 날씨도 쌀쌀한데."

가인이었다.

"날 기다리고 있었던 거야?"

"그럼! 미래의 낭군님이 오시지도 않았는데 혼자 잠들 수 있겠어."

가인이는 당연하다는 듯이 말했다. 왠지 그녀의 말이 오늘따라 마음에 와 닿았다.

"우리 그냥 빨리 결혼할까?"

"아니, 그렇게 나랑 결혼하고 싶어?"

가인이가 내 말에 반색하면 말했다.

"오늘따라 무척 예뻐 보여서. 어디 가서 이런 여자를 만날 수 있을까, 하는 생각도 들고 말이야."

"왜 이러시지? 동창회에서 무슨 일 있었어?"

가인이의 말에 순간 뜨끔했다.

이수진을 만난 것은 내 의지와는 상관없었지만, 만남 그 자체만으로 미안한 마음이 들었다.

"무슨 일이 있긴. 그냥, 여러 가지 일을 겪다 보니까 뭐가 정답인지 잘 모르겠어서. 나이에 비해서 너무 높은 곳에 올라선 것이 아닌가 하는 생각도 들고… 날 잘 알지도 못하면서 단지 그런 모습만을 보고서 나를 평가하는 사람들을 만나는 것도 성격상 맞지도 않고……."

가인이는 주절주절 뜻 모르는 말들을 내뱉는 나를 가만히 들여다보며 이야기를 들어주었다.

"몇 년간 여러 가지로 너무 많은 일들이 일어나서 말이야."

"내가 다는 알지 못하겠지만 난 언제나 오빠가 하는 일들을 지지하고 응원하고 있어. 그건 영원히 변치 않을 거고 말이야."

내 손을 잡아주며 말하는 가인이가 너무나 예쁘고 아름다웠다.

머릿속에 잠시 들어 있었던 이수진의 모습이 다 사라져 버렸다.

"정말이지, 내가 전생에 나라를 구했나 보다. 이런 여자를 내게 보내주신 걸 보면."

"듣기 좋네. 춥다, 들어가자. 내일 또 일찍 나가야 하잖아."

"그래야지. 하여간 고마워, 내 옆에 있어 줘서."

"그건 나도 마찬가지야. 앞으로도 이렇게 꼭 내 옆에 있어야 해."

"당연하지. 절대로 떨어지지 않을 거다."

난 가인이를 꼭 안으며 말했다.

과거로 돌아와서 가장 감사하게 생각하는 것은 가인이를 만난 일이었다.

*   *   *

대선은 예상한 대로 김용삼의 승리로 끝이 났다.

대한민국은 1961년부터 박정희의 5.16 군사 쿠데타 이후 1979년 12.12 군사 반란에 이르기까지 32년간 전두환, 노태우 등으로 이어지는 군사정권이 통치해 왔다.

길고 긴 군사정권의 통치 아래에서 드디어 문민정부 탄생의 토대가 마련된 것이다.

김용삼이 당선되자 그에게 줄을 댄 사람들로 상도동이 북새통을 이루었다.

"새로운 권력의 탄생입니다. 이제야 제대로 된 정부가 들어섰네요."

안기부의 박영철 차장의 말이었다. 난 그에게 김용삼이 대통이 될 가능성이 크다는 말로 대비를 하라고 했다.

"앞으로 많은 일이 있을 것 같습니다. 군사정권의 잔재들도 빠르게 단절시키겠지요."

"성급하게 일을 진행하겠습니까? 이번 선거에 이전 정권에서 많은 도움을 받았는데요."

박영철은 어느 순간부터 내 말을 마음에 많이 담아두었다. 내가 예측했던 일들이 대부분 맞아떨어졌기 때문이었다.

"사람이 그렇게 하는 것이 아닙니다. 살아 있는 것 같은 권력이 그렇게 만드는 것이지요. 이제 내년에는 군부에서부터 피바람이 불 것입니다."

"군부라면 하나회를 말씀하시는 것입니까?"

군부 내의 강력한 사조직 하나회는 3공 때부터 존속해온 조직이다. 이 모임의 수장은 군의 표면적 위계질서에도 불구하고 언제든지 군을 장악할 수 있다는 것을 전두환의 쿠데타로 입증해 보였다.

게다가 하나회 회원끼리 돌아가면서 그 장을 맡아온 기무(보안)사는 어떤 민간 기구와도 비교할 수 없는 정보와 힘을 지닌 막강한 권력 기구였다. 더구나 하나회 회원끼리 돌아가며 맡아온 육군참모총장 직과 더불어 군의 승진과 인사에 결정적 영향력을 행사해 오고 있었다.

한마디로 하나회에 속하지 않으면 군의 요직에 올라갈 수 없었다.

"김용삼 대통령 당선인은 정치군인을 무척이나 싫어합니다. 그는 실추된 국군의 명예를 바로잡으려고 할 것입니다."

"하나회는 보통의 조직이 아닙니다. 군의 핵심 요직을 모두 차지하고 있습니다. 제 생각으로는 김용삼이 군부 세력과 적정선에서 타협할 것 같은데요."

박영철 차장은 내 말을 믿지 못하겠다는 표정으로 말했다. 그도 그럴 것이 현재 육군참모총장, 1군사령관, 2작전사령관, 3군사령관, 기무사령관, 특전사령관, 수도방위사령관 등이 하나회 출신 장성이었다.

더구나 군은 특수 조직인 데다 하나회 같은 사조직은 오랜 세월 자기들끼리 똘똘 뭉친 집단이라 세력이 막강했다.

국방부와 합참본부는 물론이고 해군수뇌부와 공군수뇌부에도 하나회에 속한 고위 장성들이 대거 포진하고 있었다.

"그럴 수도 있겠지만 제가 알고 있는 김용삼은 절대 그러지 않을 것입니다. 그건 내년에 가보면 알겠죠. 그건 그렇고, 안기부 조직 인선은 어떻게 돼가고 있습니까?"

"저희도 많은 변화가 있을 것 같습니다. 저는 강 대표님 덕분에 예외가 되었지만요."

박영철 차장은 김용삼 대통령 당선인에게 이전부터 적적한 선에서 도움을 주었다.

김용삼은 박영철 차장 라인을 자신의 사람으로 여기고 있었다.

"다행입니다. 앞으로 한 일이 많으시니까, 너무 나서지는 마십시오."

"물론입니다. 대표님의 말처럼 10년은 버틸 수 있도록 하겠습니다."

박영철 차장이 안기부에 남아 있는 것과 없는 것은 큰 차이였다.

"그리고 회사 내에 정보 팀을 구성하려고 합니다. 안기부에서 물러나는 사람 중에서 괜찮은 사람들로 추천을 해주십시오."

앞으로 기업 간의 싸움은 정보 전쟁이었다. 더구나 회사마다 보유한 기술 유출에 대한 보안에도 크게 신경을 써야만 했다.

코사크의 정보 팀과의 협력을 통해서 국내는 물론 동북아를 아우르는 정보 조직으로 육성할 계획이다.

"예, 저도 조직을 떠나는 아쉬운 사람들이 많습니다. 자기 사람이 아니라고 그들의 노하우와 경험을 인정하지 않는 것도 문제라고 생각됩니다."

"어쩔 수 없지요. 지금은 변화의 패러다임이 급격하게 일어나는 시기니까요. 덕분에 저희가 좋은 인재들을 차지할 수 있게 되었으니까요."

"예, 저도 강 대표님이 계셔서 정말 든든합니다. 북한은 언제 다시 올라가십니까?"

"내년 1월로 잡고 있습니다. 어느 정도 북한 내부도 안정을 찾아가고 있는 것 같아서요."

한동안 보이지 않았던 김평일이 다시금 북한 언론에 등장하기 시작했다.

인민무력부 작전국장이라는 공식적인 직함과 함께 노동당 정치국 상무위원에도 올라섰다.

정치국 상무위원은 북한에서 현재 3명밖에 없었다. 이전의 정치국 상무위원이었던 김정일이 자리에서 물러났다.

그것은 달리 말해 공식적인 후계자 자리에서 밀려났다고 봐야 했다.

정치국 상무위원회는 1980년 제6차 당 대회에서 신설된 조직이다. 당시 개정된 당 규약에 따라 당중앙위원회 정치위원회를 정치국으로 변경하고 그 안에 상무위원회를 신설한 것이다.

정치국과 정치국 상무위원회는 당중앙위원회 전원(전체) 회의가 개최되지 않는 기간에 당중앙위원회의 명의로 당의 모든 사업을 조직, 지도하는 막강한 자리다.

당시 정치국 상무위원회는 김정일 후계체제의 확립을 원활하게 하려는 목적에서 신설된 기구였다.

이제 그 기구가 김평일을 후계자로 선택한 것이다.

"이제 김평일의 시대가 열렸네요. 시기가 정말 절묘합니다. 남쪽은 문민정부가 북쪽은 새로운 시대를 열 수 있는 합리적인 인물이 동시에 등장했으니 말입니다."

남한 정부에서는 김평일을 김정일보다 높게 평가하고 있었다. 북한의 변화를 이끌 수 있는 개혁적이고 합리적인 인물로 말이다.

남북한의 관계도 이전과는 전혀 다른 양상을 보일 것이라는 예측을 정보기관과 통일부에서 내놓고 있었다.

"우리 민족에게 주어진 기회라고 봐야죠. 이 기회를 잘 살리지 못하면 앞으로 닥칠 큰 어려움을 극복하기 힘듭니다."

"하하! 어떨 때 보면 강 대표님이 마치 점쟁이처럼 보일 때가 있습니다. 한데 그 어려움이란 것이 어떤 것입니까?"

박영철 차장은 내 이야기가 크게 와 닿지 않는 것 같았다. 그도 그럴 것이 그의 처지에서 생각할 때 가장 큰 문제는 남북문제와 대선이었다.

두 가지 모두 박영철이 원하는 쪽으로 흘러갔다. 거기에다가 지원했던 장인모 교수와 신혁석이 모두 국회의원으로 당선되었다.

한마디로 문제 될 것이 없었다.

"지금 당장은 아니지만, 앞으로 4~5년 뒤에 일어날 수도 있는 문제입니다. 이 나라가 지금까지 겪어보지 못한 경제적인 어려움입니다."

"경제가 어려워진다고요?

"예, 지금처럼 해나가다가는 말입니다. 잘못하면 대기업도 무너지고 은행도 문을 닫게 되는 상황에 부닥치게 될지 모릅니다."

"하하! 재벌과 은행이 망하게 된다면 대한민국이 망하는 거나 마찬가지 아닙니까? 그건 정도가 너무 심한데요. 제가 생각이 짧아서인지 모르겠지만, 설마 그런 일이 일어나겠습니까?"

박영철의 말처럼 이 시대의 생각으로는 재벌과 은행이 망한다는 것은 있을 수 없는 일이었다.

물론 절대 권력에 의해서 재벌이 해체되는 일이 있었지만 그건 정말 예외적인 일이었다.

"물론 일어나지 말아야겠지요. 그런 일이 일어나면 경제 뿐만 아니라 다방면에 걸쳐서 모든 것들이 달라집니다. 사회의식과 문화, 그리고 우리가 알고 행동했던 패러다임이 완전히 바뀌게 됩니다. 정말 안 좋은 쪽으로 말이지요."

우리나라의 경제적인 구조나 사람들이 사회와 경제활동을 바라보는 의식과 생각이 IMF 전후로 급격하게 변동되었다.

또한 사회 전반으로 물질만능주의, 보신주의가 더욱 팽팽해졌고, 나 혼자만 잘되면 된다는 이기주의도 빠르게 늘어났다.

"저는 잘 이해가 되질 않습니다. 멀쩡하게 잘 돌아가는 기업들과 은행이 무엇 때문에 힘들어진다는 것입니까?"

'앞으로 일어날 일을 설명한다는 것이 싫지 않구나. 자세히 이야기해도 믿을 것 같지도 않고… 앞으로 여러 변수도 발생할 수 있으니…….'

"한마디로 기업들의 지나친 욕심과 정부 위기관리시스템의 부재입니다. 현재 능력이 뛰어나다고 여기는 기업의 총수와 인재들도 격변하고 있는 국제금융시스템을 제대로 이해하지 못하고 있습니다. 앞으로는 한나라의 경제적인 어려움이 도화선이 되어 다른 나라에도 위기가 번져가는 도미노 현상이 일어나는 시대가 도래합니다. 또한 그러한 경제적 어려움을 이용하여 환율을 인위적으로 조작하여 환율 전쟁을 통해서 막대한 이익을 취하는 국제환투기세력들도 위기를 더욱 부채질할 것이고요."

이미 유럽의 여러 나라와 영국의 파운드화 폭락을 통해서 입증된 사실이었다.

영국이 어려움을 이겨낼 수 있는 것은 파운드화가 국제통화이기 때문이었다. 우리나라가 같은 일을 겪는다면 더욱 극심한 피해를 볼 수 있었다.

물론 그 일로 소빈뱅크는 막대한 돈을 벌었고 그 자금을 통해서 국제적인 은행으로 급부상했다.

"하하하! 정말 전 강 대표님이 말씀하시는 걸 못 알아듣겠습니다. 하지만 대표님이 우리가 보지 못하는 걸 보신다는 걸 확신할 수 있습니다. 제가 끝까지 돕겠습니다. 그러니 그런 일이 일어나지 않게 최선을 다해주십시오."

'후후! 그래, 막연한 말이지……. 눈에 띄는 어려움이 보이지 않고 있는데……. 경제 전문가도 믿지 않을 이야기를 했으니…….'

"예, 이 나라에 불행한 일이 일어나지 않게 노력하겠습니다."

"전 강 대표님이 이 나라를 위해서 하늘이 보내 주신 분이라고 믿고 있습니다. 지금까지 하신 일들이 그걸 증명하

고 있으니까요. 말씀하신 일도 분명히 극복하고 잘 처리할
수 있을 것입니다."

박영철의 말처럼 되려면 나뿐만 아니라 수많은 사람의
힘이 필요하다.

앞으로 5년 동안 훌륭한 인재를 모으고 그에 대한 준비를
해나가야만 했다.

박영철과의 만남 후 소빈뱅크의 서울지점 지점장인 그레
고리와 회동을 했다.

소빈뱅크 서울지점은 러시아로의 송금과 함께 신의주 특
별행정구역으로 입출금을 담당하고 있었다.

국내외 은행들과 달리 까다로운 절차 없이 러시아로의
송금이 자유로운 소빈뱅크를 이용하는 국내 기업들로 인해
서울지점의 이익은 빠르게 늘어났다.

서울에서 달러나 원화로 입금하면 모스크바와 블라디보
스토크에 자리 잡은 소빈뱅크에서 루블화로 내어주었다.

다른 지역에서도 소빈뱅크와 연계된 은행에서 쉽게 돈을
찾을 수 있었다.

또한 러시아에 송금한 달러를 외국에서 달러화로 찾을
수 있었다.

더구나 소빈뱅크는 러시아에서 외부로 송금할 수 있는

금액에 큰 제한을 두지 않았다. 단지 금액이 올라가는 상황에 따라 수수료가 함께 올라갔다.

이것은 러시아에 자리 잡은 어떤 은행도 불가능한 것이었다. 러시아는 외국으로의 달러 송금에 대해 까다로운 제약을 두고 있기 때문이다.

송금 수수료율도 다른 은행과 비교하면 합리적이었다.

이 때문에 국내 기업뿐만 아니라 진출한 외국 기업들도 러시아로의 입출금과 환전에는 소빈뱅크를 이용했다.

한국에서 러시아로의 유학이 증가하고 기업들의 진출 또한 늘고 있어 소빈뱅크의 이용률도 크게 늘고 있었다.

소빈뱅크에 대한 러시아의 정부에서 부여한 독점적 지위로 인해 한국에서 경쟁할 만한 은행도 전무했다.

더구나 신의주 특별행정구로 보내는 자금이 늘어나고 있는 상황에서 서울지점이 개설된 후 짧은 기간 안에 확장할 수밖에 없는 상황이었다.

"장소는 알아봤습니까?"

"예, 여의도에 괜찮은 자리가 나와서 그쪽으로 옮길 생각입니다."

그레고리는 최대한 정중하게 대답했다. 그도 그럴 것이 한국에서와 달리 러시아에서의 나의 위상은 상상 이상이었다.

러시아의 쟁쟁한 정치가들은 물론이고 마피아들도 이제는 나에게 고개를 숙였다.

알게 모르게 러시아에서의 영향력은 시간이 갈수록 점점 확대되어갔다.

"음, 위치는 나쁘지 않네요. 인력 수급은 어떻게 되었습니까?"

"현재 열 명을 최종 면접에 올렸습니다. 그중 절반을 뽑을 예정입니다."

소빈뱅크 서울지점에 현재 근무하는 인원은 열아홉 명이었다.

그중 한국인이 절반이었고, 나머지는 미국과 러시아 국적이었다. 은행 내에서는 영어를 사용했지만, 러시아어를 사용할 줄 아는 인물들을 우선해서 뽑았다.

처음 한국에서는 러시아 은행이란 이유로 소빈뱅크를 조금 낮게 봤었다.

하지만 소빈뱅크 소유의 자산과 함께 러시아에서 어떤 은행들보다 수익률이 독보적이라는 것이 알음알음 알려지자 실력을 갖춘 인재들이 대거 지원했다.

"소빈뱅크를 단순히 거쳐 가려는 인원은 뽑지 마시길 바랍니다. 단순히 하나의 경력을 갖추기 위한 회사로 여기는 사람들이 적지 않습니다."

"예, 철저하게 그러한 인물들을 가려내고 있습니다. 경력 사항은 물론 최종 면접자들의 사람됨을 조사해서 확인하고 있습니다."

소빈뱅크가 성장하는 만큼 직원들에게 충분한 대우와 보수는 물론 해외 연수 기회를 제공했다. 이러한 점도 사람들을 지원하게 만드는 원인이었다.

하지만 학력과 경력이 훌륭하다고 해도 소빈뱅크의 입사는 쉽지 않았다.

입사 지원서에부터 세 번에 걸친 면접을 통해야만 입사가 허락되었다.

"서울지점이 앞으로 동북아지점 중에서 가장 큰 역할을 해야 합니다. 내년에는 일본의 도쿄지점을 새롭게 낼 계획이니까요."

일본에서도 러시아 진출이 활발하게 진행되는 상황에서 일본 기업들도 소빈뱅크와 거래를 원했다.

일본 은행이나 러시아에서 일본에 진출한 은행들은 소빈뱅크가 지닌 장점을 갖추지 못했다.

그게 가능하게 된 것은 러시아의 통치권자들과 나의 관계 때문이었다.

러시아의 정부와 지방정부에서 운영하는 자금들도 소빈뱅크에 상당수 들어온 상황이었다.

이러한 자금들을 토대로 소빈뱅크의 전략운영 팀에서 환율과 석유는 물론이고 원자재와 식량에도 투자를 진행하고 있었다.

소빈뱅크는 중국을 염두에 두고서 원자재 투자에 신경을 쓰고 있었다.

러시아와 호주에 매물로 나온 철광석 광산의 지분도 인수가 진행 중이었다.

"예, 대표님을 실망하게 해드리지 않겠습니다."

그레고리는 모스크바대학과 영국의 옥스퍼드에서 경제학을 공부한 인재였다.

그는 소빈뱅크에 입사한 후부터 가족들이 모스크바에서 누구보다 안전한 상태에서 생활한다는 것을 가장 만족스러워했다.

그레고리도 모스크바에 지어지고 있는 고급 아파트에 입주할 수 있는 자격을 가지고 있었다.

소빈뱅크의 인원들뿐만 아니라 러시아에 있는 각 회사에서 근무하는 중요 인물들도 닉스E&C에서 짓고 있는 고급 아파트에 들어가기 위해 열심히 일하고 있었다.

Chapter 9

　닉스의 본사 건물 옆 3층 건물이 매물로 나와 매입이 이루어졌다.

　새로운 건물은 대지가 40평에 건평이 90평으로 리모델링이 이루어진 후에 닉스의 관리부 인원들이 사용할 계획이다.

　닉스 본사 건물은 완전히 디자인센터의 직원들만 사용하게 된다. 물론 지하에 있는 부대시설들과 식당은 모든 닉스 직원들도 이용할 수 있었다.

　디자인센터의 출입 또한 더욱 까다로워졌다.

외부 사람은 어떠한 이유에서도 출입할 수 없었다. 닉스의 직원들도 디자인 작업이 이루어지는 공간으로는 출입할 수 없었다.

그 예외적인 사람은 나와 부산 공장을 이끄는 한광민 소장뿐이었다.

디자인센터는 더욱 넓은 공간들을 확보할 수 있게 되었고 그만큼의 인원을 추가로 선발할 수 있었다.

닉스 디자인센터는 국적과 학력에 무관하게 창의적이고 뛰어난 감각을 지닌 인물들을 선발했다.

닉스 디자인센터도 프랑스와 미국은 물론 이탈리아와 일본 국적의 디자이너들까지 참여하는 다국적 센터가 되었다.

이제는 뉴욕의 디자인 팀을 합하면 신발 디자인만 100여 명에 달하는 디자이너가 담당했다.

의류를 담당하는 닉스프리는 별도의 팀이 꾸려져 움직였다.

또한 부산의 기술연구소도 37명으로 늘어나 최첨단 기술을 이용한 신발 소재 개발에 열을 올리고 있었다.

이제는 나이키와 아디다스를 비롯한 국제적인 스포츠 용품회사들과 비교해도 전혀 뒤질 것이 없는 경쟁력이 확보되었다.

국내 신발 시장에서는 누구도 따르지 못하는 독보적인 위치에 자리를 잡은 상황이었다.

확고한 겨울스포츠로 자리를 잡은 농구 경기를 뛰는 선수들 대부분이 닉스에서 생산되는 조던 시리즈를 신고서 경기에 임했다.

그러한 경기 장면이 고스란히 TV를 통해 안방까지 전달되었고, 크나큰 광고 효과로 이어졌다.

특별한 광고 없이도 닉스의 신발들은 날개 돋친 듯 팔려 나갔다. 이러한 판매는 한국에 국한된 것이 아니었다.

미국과 러시아, 가까운 일본까지도 신발 매출이 급속하게 늘어났고, 이러한 판매량에 대만과 동남아시아는 물론 멕시코로 확대되었다.

유럽에서도 프랑스와 영국, 그리고 독일에서 인기가 올라가고 있었다.

그 때문에 닉스는 1억 달러 수출 탑을 건너뛰고 2억 달러 수출 탑을 받게 되었다.

작년 5천만 달러 수출 탑에서 4배로 신장된 것이며, 이렇게나 짧은 기간에 수출이 늘어난 것은 동종 업계는 물론이고 다른 업계에서도 전혀 없는 일이었다.

문제는 신발 생산량이었다.

"하! 정말 이거 감당이 안 되네."

정말로 횅한 표정으로 말하는 한광민 소장이었다. 부산의 닉스 신발 공장은 주말이 사라졌다.

일주일 내내 3교대로 돌아가면서 공장을 돌리고 있었고, 직원들은 돌아가면서 휴일에 쉬었다.

"쉬면서 하십시오. 그러다가 쓰러지십니다."

오래간만에 부산 공장을 방문해 한광민 소장을 만났다. 그가 서울로 올라올 수 없을 정도로 바쁘기 때문이었다.

"마음은 굴뚝같은데, 소처럼 일하는 것을 타고났는지 그게 잘 안 돼."

한광민 소장의 말처럼 그는 쉬는 날에도 공장에 나왔다.

"한 소장님이 쓰러지시면 큰일 납니다. 능력 있는 직원들도 있는데, 믿고서 좀 쉬세요."

"그래야 하는데 말이야. 나도 그렇지만 강 대표는 회사가 여기 하나가 아니잖아. 어떻게 버티는 거냐?"

"전 아직 젊잖아요. 그리고 저도 이제는 중요한 일만 챙기고 있습니다."

"내가 쉬려면 하루라도 빨리 신의주에 공장이 세워져야 하는데 말이야."

한광민 소장은 처음 신의주 특별행정구의 공장 설립에 조금은 부정적인 견해였다.

이유는 두 가지로, 너무 큰 공장의 규모와 북한 노동자들의 실력이었다. 하지만 지금 그러한 이유를 떠나 포화 상태인 생산 라인을 해결할 방법은 오로지 신의주 공장이 건립되는 것뿐이었다.

이제는 설계에 들어간 생산 공장의 크기가 크다고 생각하지 않고 있었다.

"1년 이상은 고생을 하셔야 합니다. 최대한 공사를 빠르게 진행할 것이지만, 닉스만 공장을 짓는 게 아니라서요."

도시락과 명성전자의 생산 공장들도 함께 진행할 예정이었다.

"그렇게 말이야. 이 난리를 1년 동안 계속할 생각을 하면 아찔해. 그리고 신상 제품들은 왜 이렇게 빨리 나오는 거야?"

매달 두 가지 정도로만 나오던 닉스의 신제품들은 이제는 네다섯 가지로 늘어나 있었다.

디자인센터의 인원이 많아진 결과물들이었다.

닉스의 전략은 대량생산이 아니었다. 다품종 소량생산으로 신발의 퀄리티를 높여 구매 욕구를 증가시키고 브랜드 가치를 유지하는 전략이다.

지금이라도 인기 제품들만 대량으로 생산해 지금보다 몇 배의 돈을 벌 수 있겠지만, 장기적으로 볼 때 그건 닉스라는 브랜드의 가치를 떨어뜨리는 일이다.

"하하! 이전에는 품종이 좀 더 다양해져야 한다고 늘 말씀하셨잖습니까?"

"그때는 어느 정도 감당이 되었지. 지금은 새로운 소재를 개발해도 디자인센터에 보내기가 겁이 난다니까."

한광민 소장의 말은 엄살이 아니었다. 디자인센터에서 디자인한 신발들은 더욱 엄격해진 내부 심사에서조차 떨어뜨리기 아까운 제품들이 많았다.

추리고 추려서 공장으로 보내는 신발들은 정말 디자인과 착용감도 뛰어난 제품들이었다.

"그러면 신규 제품을 좀 줄이라고 할까요?"

"그건 아니야. 그냥 지금보다 늘리지만 않았으면 좋겠어. 나도 디자인센터에서 내려온 디자인을 보면 놀라 때가 많거든. 그런 예쁜 신발들을 만든다는 것은 정말 기쁜 일이잖아. 한데, 그게 문제야. 새로운 디자인을 보면 만들고 싶어서 안달이라는 것이."

한광민 소장의 마음을 충분히 이해했다. 그는 신발을 사랑하는 뛰어난 장인이었기 때문이다.

한광민 소장을 이끌고 그와 자주 왔던 횟집에 왔다.

한 달 내내 쉬지 않고 일하는 한광민 소장에게 억지로 3일간의 휴가를 주었다.

이전 달에도 그는 단 하루만 쉬었었다.

"자, 오늘 마시고 그냥 집에 가서 푹 주무시는 겁니다."

"그래, 오랜만에 강 대표와 코가 삐뚤어지게 마셔보자고."

"잘 생각하셨습니다. 공장은 한 소장님이 며칠 없어도 잘 돌아갈 것입니다. 사장님! 여기 제일 좋은 것으로 해서 한 상 차려 주세요. 맥주하고 소주도 넉넉히 주시고요."

"예! 오늘 참돔 좋은 게 들어왔는데, 잘 오셨네요."

주인은 말을 마친 후 수족관으로 향했다.

"저 친구들도 먹어야 하잖아."

한광민 소장이 김만철과 경호원들은 보며 말했다. 개인 적인 일을 빼고는 공식적인 활동에는 항상 서너 명의 경호 원을 대동했다.

김만철과 함께 앉아 있는 인물은 청와대 경호실 출신과 군 특수부대 출신이었다.

"알아서 시킬 거예요."

"하여간 피곤하겠어. 큰일을 하니까 그렇겠지만 말이야."

한광민 소장은 러시아와 북한에서 내가 겪은 일에 대해 대략 알고 있었다. 그는 나에게 조언을 아끼지 않는 사람이 자 믿고 의지하는 사람이었기에 여러 일을 공유했다.

"그래서 나중에 은퇴하면 섬을 하나 사서, 그곳에서 조용히 살려고요."

"뭐, 그것도 나쁘지 않겠네. 한데 그런 위험을 감수하고서라도 신의주 특별행정구를 맡아야만 했나?"

한광민 소장은 목숨까지 위험할 정도로 힘든 여정을 걸어가고 있는 내 모습이 안쓰럽다는 표정이었다.

평생 호의호식하면서 편하게 살 길을 마련한 내가 이해가 안 된다는 말을 그는 자주 했다.

"저만 잘살면 좀 그렇잖아요. 제 주변에 있는 사람들도 모두 행복해지면 그게 더 좋더라고요. 제가 조금 더 노력하면 좋아지는 게 보이니까요."

"하긴, 우리 강 대표 때문에 먹고사는 식구가 부산에도 얼만데. 내가 그때 강 대표를 만나지 않았다면 진작 공장 문을 닫았을 거야."

그의 말처럼 내가 한광민 소장의 부산 신발 연구소를 찾기 전 방문했었던 신발 회사들 대부분이 부도가 나 공장 문을 닫거나 동남아로 이전했다.

이전한 공장들도 매출이 줄어 생존을 위한 힘겨운 사투를 벌이고 있었다.

"저도 한 소장님을 만나지 않았다면 지금 같은 일을 할 수 없었을 것입니다."

닉스의 성장을 바탕으로 도시락과 블루오션, 그리고 닉스E&C로 이어질 수 있었다.

"앞으로도 잘해보자고. 자, 한잔 받아."

한광민 소장은 종업원이 가져다준 맥주와 소주를 섞어서 소맥을 따라주었다.

"앞으로도 잘 부탁합니다. 절대로 무리하지 마시고요."

"걱정하지 마. 닉스가 세계를 석권할 때까지 두 눈 뜨고 지켜볼 테니까."

한광민 소장의 말처럼 닉스는 파죽지세였다.

부산에서 시작된 작은 파문이 점점 확대되고 커져 이제는 거대한 쓰나미가 되어 세계로 뻗어나갔다.

*　　　　*　　　　*

1993년 2월 25일 14대 대통령 취임식이 국회의사당 앞 광장에서 38,000명이 참석한 가운데 거행되고 있었다.

나 또한 초대된 사람 중 하나였다. 그리고 고무적인 일은 각 나라의 정상들과 함께 북한에서 김평일이 축하사절단을 이끌고 내려왔다.

대통령 취임 중계를 담당하는 촬영 팀도 각국 정상들보다는 남한을 전격적으로 방문한 김평일을 집중적으로 카메라에 담았다.

묵묵히 김용삼 대통령의 연설을 듣고 있는 김평일의 표정은 평온하고 밝아 보였다.

김평일의 남한 방문은 북한에서의 위상이 확고하게 자리를 잡아 간다는 방증이었다.

나는 경제인들이 모여 있는 자리에서 취임식을 지켜보았다. 신의주 특별행정구의 장관이란 직함으로 각 나라에서 온 대통령 취임축하사절단 자리에 함께 앉을 수도 있었지만, 일부러 자리를 피했다.

취임식이 끝나자 김평일은 몇몇 해외 정상들과 악수를 한 후에 숙소가 마련된 프라자호텔로 향했다.

나 또한 김평일을 만나기 위해 프라자호텔로 자리를 옮겼다.

김평일은 오늘 저녁 김용삼 대통령과 단독 만남이 있을 예정이었다.

프라자호텔은 김평일을 전격적인 남한 방문을 취재하기 위해서 각 방송국과 신문사들의 기자들로 북새통을 이루고 있었다.

그만큼 그의 방문은 신선한 충격이었고, 남북한이 서로에 대한 인식 변화가 이루어지고 있다는 방증이기도 했다.

기자들을 피하고자 지하 주차장에서부터 화물 엘리베이

터를 타고서 김평일이 숙소로 정한 꼭대기 층의 스위트룸으로 향했다.

엘리베이터가 열리자마자 연락을 받은 북측의 인물이 나를 맞이했다.

"안녕하십니까, 장관님? 이쪽으로 오십시오"

나를 맞이한 전광철은 김평일의 측근 중 하나로 그가 어디를 가든지 그림자처럼 수행하는 인물이었다.

스위트룸에서 경복궁과 청와대 방향을 바라보고 있던 김평일이 나를 반갑게 맞아주었다.

"어서 오십시오. 기쁜 날이라서인지 날씨가 참 좋습니다."

그의 말처럼 파란 하늘에서는 구름 한 점 보이지가 않았다.

"피곤하지는 않으십니까? 일찍 출발하셨어야 했는데 말입니다."

김평일은 대통령 취임식 당일 평양에서 육로를 통해 남쪽으로 내려왔다.

"괜찮습니다. 서울이 참 인상적입니다. 사람들의 움직임도 역동적이고 다들 밝아 보입니다."

"서울 사람들은 다들 바쁘게 살고 있습니다. 열심히 움직이는 만큼 각자의 생활이 확연히 달라지니까요."

"그렇겠네요. 자, 자리에 앉으시지요. 제가 드릴 말씀도 있으니."

"예."

자리에 앉자마자 김평일의 비서가 음료수를 내왔다.

"그동안 정일이의 가지들을 쳐내느라 정신없이 보냈습니다."

김평일은 이전까지는 김정일을 형이라 불러었다. 하지만 자신을 암살하라는 명령이 김정일의 입에서 나온 걸 확인하는 순간부터 그의 입장이 확실히 바뀌어 있었다.

"이젠 자리를 잡으신 것입니까?"

"어느 정도는요. 하지만 다 쳐내버리기에는 아까운 인물들도 있어서 그들을 회유하는 데 시간이 좀 더 걸릴 것 같습니다."

김평일은 자신을 반대한다고 해서 무조건 숙청하거나 정리를 하지 않았다. 북한의 발전에 필요한 인물들은 포용하고 함께 가려는 입장이었다.

그러한 점이 김정일과 다른 면이었다.

"신문을 보니까 경제 관련 행정부의 인물들이 대거 기용되고 있던데, 정치적으로도 변화가 있는 것입니까?"

북한 정치 지도층의 핵심인 당정치국위원들 중 상당수가 바뀌었다. 행정부의 인물들이 대거 정치국위원에 올라섰고, 군부 쪽 인물들이 빠져나가거나 밑으로 처졌다.

"북한이 살길은 군이 아니라 경제입니다. 이번 김용삼 대통령 취임식에 참석한 것도 남한의 도움을 요청하기 위함입니다. 또한 아버지의 친서를 전달하기 위한 것도 있습니다. 오늘 김 대통령과의 만남에서 남북한 정상의 정기적인 만남을 정례화하자는 제의를 공식적으로 받아들일 것입니다."

오늘 대통령 취임식에서도 김용삼 대통령은 한동안 진행되다가 중단된 남북 정상들 간의 만남을 또다시 언급하고 제의했다.

"잘 생각하셨습니다. 남북한이 하나가 되어 움직이면 어떤 나라도 우리를 함부로 할 수 없습니다. 그런데 김정일 당비서는 어떻게 되었습니까?"

나는 상당히 민감한 질문을 던졌다.

"정일이는 살아 있어도 사는 것이 아닌 것처럼 되었습니다."

"그게 무슨 말씀입니까?"

"식물인간이 되었습니다. 깨어난다고 해도 정상적인 생활을 할 수 없습니다. 그냥 이대로 영원히 깨어나지 않는 것이 그에게도 좋을 것입니다."

김정일의 상태를 이야기는 김평일에게서 순간 싸늘한 느낌이 전달되었다.

김정일의 신변에 사고가 있었던 게 분명했다.

그의 말이 사실이라면 이젠 더는 김평일의 앞을 막아설 인물이 북한에는 없다는 말이었다.

"그럼 특별행정구의 경비병력을 줄여도 되겠습니다."

"예, 그렇지 않아도 신의주에 남아 있던 평방사의 병력을 모두 원대 복귀시키라는 명령을 내렸습니다. 이젠 강 대표님의 코사크가 원안대로 치안을 담당하시면 됩니다."

"잘되었습니다. 그동안 특별행정구에 진출한 국내 기업들이 내부로 들어가는 검문 절차가 너무 까다롭다는 말들이 나왔었습니다."

평방사와의 전투를 치른 후에도 행여 문제가 발생할까 봐 검문 절차는 바꾸지 않았었다.

"이젠 강 장관님께서 마음껏 특별행정구의 발전을 이끌어 가시면 됩니다. 김용삼 대통령과의 만남에서도 특별행정구의 지원을 적극적으로 요청할 것입니다. 그걸 받아내기 위한 선물도 가지고 왔고요."

"선물이라고요?"

"지금 이야기하면 재미없으니까, 조금만 기다려 보십시오. 오늘이나 내일 김용삼 대통령이 발표를 할 것입니다."

김평일은 미소를 지으면서 말했다. 그가 말한 선물이 무엇인지 무척이나 궁금했다.

신의주 특별행정구와 관련된 이야기를 더 나누고서는 나
는 프라자호텔을 나섰다.

신의주 특별행정구에 세워질 도시락과 닉스, 그리고 명
성전자의 공장 설계도가 완성되었다.

완벽을 기하기 위해서 보름을 더 연장해서 문제점이 될
만한 것들을 모두 찾아내어서 수정했다.

3개의 공장을 세우는 데 들어가는 자금은 2천5백억이었
다.

1천5백억 원은 자체 자금으로 해결하고 나머지 1천억은
소빈뱅크에서 대출하기로 했다.

소빈뱅크의 대출이자는 어느 은행보다도 특별하게 적용
된 저금리였다.

다음 달, 닉스의 공장이 제일 먼저 착공된다. 공장 확장
이 가장 급했기 때문이다.

도시락은 모스크바에도 공장을 짓고 있으므로 올 하반기
에 착공할 예정이다.

명성전자도 국내 판매와 수출량을 확인하면서 착공 시기
를 결정하기로 했다.

그 이유는 닉스E&C의 시공 능력이 3개의 공장을 동시다
발적으로 할 수 없기 때문이었다. 현재 닉스E&C는 신의주

특별행정구 본청 건물과 직원들의 숙소로 쓰일 아파트를 건설하고 있었다.

또한 대한방직과 만도기계 공장의 공사도 한참 진행 중이었다.

그뿐만 아니라 위화도와 신의주 특별행정구를 연결하는 다리도 공사가 들어갔다.

"인력 충원은 가능하겠습니까?"

국내의 건설사 중에서 신의주 특별행정구에 진출한 회사는 현재 닉스E&C와 대우건설, 현대건설, 쌍용건설이었다.

건설사마다 진행 중인 공사들이 두 개에서 많게는 다섯 개까지 진행 중이었다.

공사 수주는 시간이 갈수록 계속해서 늘고 있었다.

올해 세 군데 건설사가 추가로 신의주 특별행정구에 진출하기 위해 신청한 상태였다.

그러다 보니 건설사마다 전문 건설 인력 수급이 급해졌다.

"예, 가능할 것 같습니다."

닉스E&C를 이끄는 박대호 총괄이사의 말이었다.

"공기가 조금 늦어져도 괜찮지만, 부실 공사는 절대 안 됩니다."

닉스E&C의 전신인 유원건설이 힘들게 된 원인은 공기

(工期)를 앞당기기 위해서 무리하게 진행한 공사로 다리가 무너져버렸기 때문이었다.

한마디로 부실 공사라고 볼 수 있었다.

"물론입니다. 그 점을 항상 직원들에게 공지하고 있습니다. 설계한 대로 공사가 무리 없이 진행될 것입니다."

문제는 항상 설계한 대로 공사가 이루어지지 않는 것에서 왔다.

적합하지 않은 부실 자재를 사용하거나 설계와 달리 굵기가 다른 철근과 공사 재료로 인해서 말이다.

그러한 일이 일어나는 것은 하도급에 재하도급이 이루어지기 때문이었다.

닉스E&C는 이러한 하도급을 최대한 자제했다.

"모스크바의 공사는 어떻습니까?"

현재 모스크바에서 벌이는 공사만 다섯 개였다. 그 공사에 북한 건설 인력들이 파견되어 일하고 있었다.

"계획대로 문제없이 진행되고 있습니다. 북한 사람들이 일을 생각보다 상당히 잘하고 있어서 걱정을 덜었습니다."

박대호의 말처럼 국내는 물론 신의주와 모스크바의 공사들을 무리가 없이 진행할 수 있는 것은 모두가 북한의 건설 인력 덕분이었다.

올해 두 달간 닉스E&C의 공사 수주는 작년 한 해 동안 진행했던 공사와 같았다.

앞으로 계속해서 공사 수주는 늘어날 전망이었다.

"북한 측에 편의를 봐줄 때 닉스E&C가 확장을 해나가야 합니다."

북한 건설 인력의 공급 계약은 유일하게 닉스E&C뿐이었고, 계약 기간은 6년이었다.

저렴한 인건비로 양질의 건설 인력을 이용하는 만큼 닉스E&C의 이익은 상당히 늘어나고 있었다.

"예, 장기적인 전략 플랜을 전략기획 팀에서 짜고 있습니다. 다음 달에는 보고드릴 수 있습니다."

"알겠습니다. 다음 주에 신의주로 올라가시나요?"

"예, 수요일에 신의주 공항 정비 사업을 위해서 올라갑니다."

신의주 공항을 정비하는 사업은 신의주 특별행정구와 평안북도가 함께 설립한 신의주항공에 의해 주도하는 사업이다.

신의주 공항을 지금보다도 두 배 정도 확대하고 여객기와 화물 비행기를 새롭게 들여올 예정이다.

"그 사업도 중요한 일이니까 잘 진행되어야 합니다."

"예, 물론입니다. 근데 태어나 이렇게 바쁘게 움직인 적은 처음인 것 같습니다."

"하하하! 닉스에 온 걸 후회하시나요?"

박대호의 말에 난 웃으면서 질문을 던졌다.

"아닙니다. 이렇게 무서울 정도로 역동적으로 움직이는 회사에서 일한다는 게 즐겁습니다. 더구나 저는 대표님이 바쁘신 것에 비하면 한참 뒤처지지 않습니까."

박대호의 말처럼 나 또한 몸이 열 개라도 모자랄 정도로 시간을 쪼개면서 움직였다.

닉스E&C에서의 업무를 마치고 나자마자 나머지 업무를 보기 위해 다시금 도시락 본사에 있는 사무실로 향했다.

시간은 벌써 저녁 8시를 향하고 있었다.

사무실에 도착하자마자 직통전화의 벨이 울렸다.

비서를 거치지 않고 전화벨이 울릴 수 있는 사람은 몇 사람밖에 되지 않았다.

"여보세요?"

─박영철입니다. TV를 보셨습니까?

안기부의 박영철 차장이었다.

"아니요. 무슨 일 있습니까?"

─지금 TV를 확인해 보십시오. 김일성 주석이 다음 달 15일에 서울을 방문한다고 합니다.

나는 박영철 차장의 말에 사무실에 있는 TV를 켰다.

그의 말처럼 김용삼 대통령이 직접 나와 발표를 진행하고 있었다.

TV 화면 밑으로는 북한의 김일성 주석 서울 방문 전격 합의라는 문구가 떠워져 있었다.

실제 역사에는 1994년 7월 25일부터 27일까지 김용삼 대통령이 평양을 방문해 김일성 주석과 만날 계획이었다.

하지만 김일성 주석이 7월 8일 갑작스럽게 사망하면서 역사적인 남북한 정상회담은 이루어지지 않았었다.

김평일이 가져온 선물은 남북한 정상회담만이 아니었다. 남북한 이산가족들에 대한 정기적인 상봉을 아무런 조건 없이 약속했다.

이산가족 상봉은 분기에 한 번씩 1년에 네 번이었다.

그것은 남북한에 흩어져서 살아가고 있는 천만 이산가족들에게 희망을 주는 일이었다.

언론들은 일제히 눈에 띄는 북한의 변화와 김평일의 사람됨에 대해 평가하기 시작했다.

대부분의 언론들은 김평일에 대하여 호의적인 기사들을 내보냈다.

외국 생활을 오래 한 덕분에 세련된 국제 감각과 안목을 지녔다는 말과 함께 지금까지와 전혀 다른 북한의 지도자라고 평했다.

김평일은 김영삼 대통령과의 만남 이후 모든 일정을 남한 기업들을 방문하는 데 썼다.

삼성전자와 현대중공업과 포항제철 등을 연달아 방문하며 앞으로 북한에 꼭 필요하고, 해나가야 할 산업 분야들을 탐방하는 것이었다.

또한 그는 별로도 시간을 내어 닉스는 물론 명성전자와 도시락을 방문했다.

세 곳 다 신의주 특별행정구에 공장을 건설하는 회사였다.

"하하! 이 신발이 미국에서도 잘 팔려나간다고요?"

김평일은 닉스의 에어조단—II를 요리조리 살펴며 말했다.

"예, 청소년과 젊은 층에서 상당한 인기를 끌고 있습니다. 일본과 동남아시아에도 주문이 늘어나고 있습니다. 앞으로 세워지는 신의주 공장에서 생산되는 신발들은 전량 외국으로 수출할 것입니다."

"대단하십니다. 어제 방문했던 두 곳의 회사도 놀라웠는데, 닉스도 정말 훌륭한 회사임이 틀림없다는 것을 알게 되었습니다."

김평일이 놀라워하는 것은 다른 기업과 달리 단 몇 년 만에 놀라운 성장세와 큰 이익을 만들어냈다는 점이다.

"신의주 공장이 가동되면 닉스는 세계로 더욱 뻗어 나갈 것입니다."

"하하하! 남한에 있는 회사들이 이 정도인데 러시아의 회사들을 합하면 당해낼 회사들이 없을 것 같습니다. 더구나 신의주에 정유 공장까지 세워지면 그룹이라고 해도 되겠습니다."

김평일은 김용삼 대통령과의 회동에서 신의주 특별행정구에 정유공장 설립에 대한 지원을 얻어냈다.

신의주에 정유공장 설립은 상당히 민감한 부분이었다. 그곳에서 생산 정제되는 석유와 휘발유가 행여 북한 군부로 흘러들어 갈 수도 있기 때문이다.

북한은 이러한 우려를 불식시키기 위해 지금까지 진행해 온 핵무기 개발에 있어 핵심이 될 수 있는 가압 중수로 개발을 전면 보류하겠다는 뜻을 내비쳤다.

정유 공장 설립을 위해서 남한 정부는 6억 달러의 자금 중 3억 달러를 무상으로 제공하고, 3억 달러는 장기 저금리 형태의 차관으로 제공하기로 합의했다.

정유 공장 설립에는 총 16억 달러가 소요되며, 나머지 건설 자금 중 3억 달러를 북한이, 나머지 7억 달러는 룩오일이 투자하기로 했다.

전체 지분의 60%는 룩오일이, 30%는 북한의 신의주특별

공사가, 그리고 남한 정부에서 10%를 가져가기로 했다. 정유공장의 운영권은 룩오일이 갖기로 잠정 합의했다.

앞으로 세부적인 계획 협의가 이루어져야 하지만 특별한 상황이 발생하지 않는다면 변동될 일이 없었다.

신의주에 세워질 정유공장은 연료유에서 윤활유까지 일관하여 생산하는 종합 정유공장 형태로 지어지며, 신의주 특별행정구와 남한에도 공급할 예정이다.

또한 러시아에서 중국을 거쳐 남북한을 관통하는 가스관과 송유관 연결 사업도 급물살을 타게 되었다.

중국과의 협의가 다음 달 내로 모두 마무리될 예정이기 때문이다.

"아직은 아닙니다. 앞으로 세워질 모든 공장들이 정상적으로 가동하게 되면 모르겠지만 말입니다."

"저도 듣는 이야기가 있습니다. 러시아에서 운영하시는 회사들이 어마어마하다고 말입니다."

김평일의 말처럼 안정을 찾은 룩오일과 알로사, 그리고 소빈뱅크가 무서울 정도로 빠르게 성장해 나가고 있었다.

코사크와 세레브로 제련공장, 그리고 노바테크도 이익이 상당했지만 세 개의 회사와 비교하면 규모와 이익에 있어 상당 부분 뒤졌다.

그중에서 룩오일과 소빈뱅크의 약진이 두드러졌다.

두 회사의 구조조정이 완벽하게 이루어진 시기부터 새 나가는 돈이 없었다.

효율적인 관리 시스템의 도입과 함께 국제 유가가 작년부터 급속하게 오르기 시작하자 이익이 빠르게 늘어났다.

고유가의 추세는 올해도 멈추지 않고 지속되고 있었다.

"원래 소문은 과장되기 마련입니다."

"그런가요? 하여간 강 장관님이 신의주를 관리하시는 것이 북한의 큰 복이라고 생각됩니다. 오늘 리셉션에서도 남한 기업들이 신의주에 대해 더 기대를 해 투자가 이루어졌으면 좋겠습니다."

김평일은 이전의 북한 인사들과 달리 국내 굴지의 대기업과 중견기업들을 초청하여 오늘 밤 프라자호텔에서 리셉션을 개최한다.

마치 외국을 방문하는 대통령이나 총리가 세일즈 외교를 펼치는 것처럼 말이다.

Chapter 10

초청을 받은 대부분의 기업들은 리셉션에 참석했다.

김평일에 대한 호기심도 동했지만, 북한의 변화를 직접 눈으로 확인하고 싶은 마음에서였다.

더구나 북한 신의주 특별행정구에 대한 정부의 적극적인 지원이 있을 거라는 이야기가 흘러나오고 있었다.

이래저래 기업들은 북한에 대한 호기심이 극에 달한 상황이었고, 북한의 전면 개방에 대한 예측 기사들도 심심치 않게 나오고 있었다.

만약 북한이 완전히 개방되어 남한에서 생산되는 제품들

이 들어간다면 이 또한 작지 않은 시장이었다.

신의주 특별행정구의 장관으로서 이러한 변화는 크게 환영할 일이었다.

리셉션이 열리는 홀의 입구에는 신의주 특별행정구역을 세분하여 축소해 놓은 입체지도가 마련되어 있었다.

참석자들 모두가 북한 진출에 관련된 주제로 이야기꽃을 피웠다.

나 또한 대기업 총수들과 관계자들에게 여러 질문을 받았고 현재 진행되는 공사 상황들에 대해서 말해주었다.

"우리 대산에서 호텔 쪽도 생각하고 있는데, 강 장관님이 보시기에는 어떻습니까?"

대산그룹의 이대수 회장도 참석했다. 그는 자신의 딸을 소개해 준 이후 더 친밀하게 나를 대하는 것 같았다.

오늘은 북측 관계자들이 있어서인지 나를 평소와 달리 강 대표가 아닌 강 장관이라 불렀다.

특히나 이대수 회장은 김평일에게 대산그룹이 올해 5억 달러를 신의주 특별행정구에 투자하겠다는 말을 전달했다.

"관광 지역으로 지정된 곳은 압록강과 함께 위화도를 바로 눈앞에서 두고 있어서 풍광이 무척 아름답습니다. 거기에 카지노 사업이 함께 진행되어 많은 관광객을 끌어들일 수 있습니다."

관광이 목적인 남측 관광객들에게도 카지노 출입을 허용하기로 했다. 하지만 특별행정구 내에서 근무하는 사람과 북한인들은 출입이 제한된다.

나 또한 닉스와 공동지분을 투자하여 호텔을 설립한 예정이었고, 러시아의 알로사에서도 관광특구에 호텔을 건설할 계획이다.

닉스 E&C에 편입된 창조엔지니어링의 설계 팀이 호텔 설계를 진행하고 있었다.

국내에서는 롯데호텔과 대우의 힐튼호텔이 발 빠르게 움직이고 있었다. 두 회사는 실무 팀을 신의주 특별행정구로 보내 타당성 조사를 이미 끝마쳤다.

"내가 듣기로는 강 장관님께서도 호텔 사업을 진행하신다고 들었습니다."

이대수 회장의 말처럼 국제적인 형태의 카지노가 들어서면 일본과 중국에서도 적지 않은 관광객을 유치할 수 있었다. 특히나 중국인들은 유난히 노름을 좋아해 생활에 일부라 해도 과언이 아니다.

결혼식에 앞서 신랑 신부는 하객들을 위해 몇 시간씩 마작판을 열어 주기도 한다. 설날이면 중국인들의 도박은 절정에 달해 며칠이고 들어앉아 노름을 즐긴다. 심지어는 가족 간에도 노름판이 벌어진다.

고도 성장을 이어가고 있는 중국은 경제적인 여건이 좋아지면서 외국을 방문하는 이들이 늘어나고 있었다.

중국에서 압록강만 넘으면 곧바로 신의주 관광특구에 진입할 수 있기 때문에 중국인 관광객들을 충분히 끌어들일 수 있었다.

"예, 처음부터 계획한 일이었습니다. 주변 여건을 종합해서 볼 때 충분히 관광객들을 끌어모을 수 있다고 판단했습니다."

닉스와 알로사가 호텔 부지로 선택한 위치는 정말 풍광이 뛰어난 곳이었다.

거기에다 관광객들의 쇼핑을 즐길 수 있는 쇼핑센터도 건설할 예정이다.

신의주 특별행정구는 국내에서처럼 소비세나 부가가치세와 같은 세금이 없으므로 상품을 저렴하게 구매할 수 있었다.

"하하하! 역시 강 장관님의 안목은 이번에도 성공할 것 같습니다. 우리도 확신을 갖고 사업을 진행해도 되겠습니다."

대산그룹뿐만 아니라 소주를 생산하는 진로그룹도 사업 다각화를 위해서 신의주 관광특구 내에 호텔과 쇼핑센터 건립을 검토 중이었다.

이미 대산그룹은 그룹 차원에서 본격적인 북한으로의 진출을 위한 테스크 포스(Task Force) 팀을 구성하여 운영 중이었다.

대산그룹은 북한 투자를 늘리기 위해 중국 투자를 계획했던 것보다 줄이려는 움직임을 보였다.

김평일은 리셉션 현장에서 북한은 신의주 특별행정구에 지속적인 후원과 투자를 진행할 것이라는 점을 강조했다.

올해 2억 5천만 달러를 들여서 주변 도로망 확충과 함께 경의선 연결 공사도 들어갈 것을 공식적으로 발표했다.

또한 신의주 특별행정구는 북한 당국에 의한 어떠한 간섭도 이루어지지 않는다는 것을 다시 한 번 강조했다.

리셉션에 참석한 대기업의 총수들은 앞으로 북한을 이끌어갈 수 있는 김평일과 단독으로 면담하길 원했다.

하지만 그의 일정상 면담을 받아들인 곳은 신의주 특별행정구에 적극적으로 투자를 진행 중인 대우와 대산, 그리고 현대그룹 등 3개 기업뿐이었다.

김평일의 남한 방문은 여러모로 큰 화제를 낳았고 사람들의 관심을 불러모았다.

또한 신의주 특별행정구에 대한 투자도 그의 방문을 통해서 두 배로 늘어났다.

4박 5일의 방문 일정 중 대부분을 경제시찰과 경제인들과의 만남에 주력한 결과이기도 했다.

언론들도 김평일의 방문을 통해서 신의주 특별행정구의 성공 가능성을 점치면서 다시 한 번 특집 기사를 내보냈다.

김평일 돌아간 뒤 나는 곧바로 러시아행 비행기에 올랐다. 러시아에서 또다시 낭보가 전해져왔기 때문이다.

로스네프티에서 룩오일이 인수한 부르사 탐사 지역에서 예상한 대로 원유가 발견되었다.

유전이 발견된 부르사는 코뷔트킨스크 가스전에서 250㎞ 떨어진 지역이었다.

예상 가채 매장량이 대략 75~120억 배럴((bbl) 사이였다.

가채 매장량이란 현재 시행하고 있는 채취 방법을 계속 쓰면서 현재의 원가 및 가격 수준으로 캘 수 있는 광업 자원의 매장량을 말한다.

더욱 정확한 매장량은 몇 군데 더 시험 시추를 진행한 후에 알 수 있었지만 크나큰 변동은 없을 것으로 전문가들은 예측하였다.

1993년 올해 정부가 도입하기로 한 원유는 작년보다 5천만 배럴 늘어난 5억 4천8백만 배럴이다.

1991년 발생한 걸프전쟁 이후 중동 지역의 불안 요소가 많아지자 정부는 원유 재고량을 작년 2천5백99만 배럴에서 77.8% 증가한 4천6백22만 배럴로, 특히 재고량 증가에 중점을 두고 있었다.

이러한 상황에서 룩오일이 또다시 초거대 유전을 발견한 것이다.

남북한의 사용량을 전부 합쳐도 12년 이상 지속해서 사용하고도 남을 만한 매장량이었다.

세계적으로 통용되고 있는 기준으로 가채 매장량이 5억 8천만 kl (365만 배럴) 이상의 유전을 거대 유전, 950 kl (3.5조 feet3) 이상의 가스전을 거대 가스전이라 부른다.

거기에 매장량이 50억 배럴(bbl) 이상인 유전을 초거대 유전(super—giant oil field)이라 하며, 33개 정도가 알려졌다.

15억 배럴 이상인 유전의 분포도를 보면, 중동 지역에 38개, 소련 14개, 아프리카 10개, 북미 9개, 중남미 8개, 유럽 4개, 중국 3개, 인도네시아 2개로 압도적으로 중동 지역에 편재되어 있다.

모스크바 공항에는 룩오일의 예고르와 니콜라이 두 이사가 직접 나와 날 영접했다.

"매장량은 확실한 것입니까?"

한국에서 보고를 받고는 믿지 못할 정도였다. 예상했던

원유 매장량은 많아야 10~15억 배럴 사이였었다.

"예, 최소치를 생각해도 80억 배럴 이상으로 보고 있습니다. 부가적으로 천연가스도 5~6조 입방피트가 매장되어 있습니다."

원유가 발견된 곳에는 천연가스층도 발견되어 함께 채굴되기도 한다.

올해 말 본격적인 생산을 앞둔 코뷔트킨스크 가스전의 매장량은 8조 입방피트였었다.

인공위성 사진과 현장을 촬영한 사진을 바탕으로 니콜라이 이사가 보고를 진행했다.

"발견된 유전의 깊이는 지표에서 700~1,000m에 위치하고 있습니다. 더구나 이번에 발견된 원유는 분석 결과 API 34도 이상의 경질유(輕質油)로 판명되었습니다."

경질유는 API 34도 이상으로 비중이 가볍고 질이 좋은 원유로 가솔린(휘발유) 나프타 등유 등 이용 가치가 많은 성분을 함유한 것일수록 비중이 가볍다.

API도란 원유의 비중을 나타내는 지표로서 미국석유협회(API, American Petroleum Institute)가 제정한 화학적 석유 비중 표시 방법인데, 일반적으로 탄소수가 많을수록 비중이 커진다.

"경질유는 API 31~33도의 중질유(中質油)와 API 30도

이하의 중질유(重質油)보다 경제적인 효용 가치가 월등히 높습니다. 최고 등급의 국제 유가 기준 유인 서부 텍사스 중질유(WTI)와 같이 API 비중을 40도로 보고 있습니다. 이는 상당히……."

WTI는 유황 성분이 0.40%로 황 함유량이 적다.

현재 국제 석유 현물 및 선물시장에서는 북해산 브렌트유와 중동산 두바이유 및 미국산 서부 텍사스 중질유(West Texas Intermediate)가 기준 가격 원유로 통용되고 있다.

특히 WTI는 미국 내에서만 소비되는 원유로 자원 고갈을 막고 안정적인 원유 수급을 위한 미국의 정책 때문에 미국 내에서만 거래되고 있다.

국제적으로 거래되지 않음에도 불구하고, WTI가 국제 지표로 이용되는 것은 세계 최대 규모의 뉴욕상품거래소(NYMEX)에 상장된 대표 유종이기 때문이다.

원유는 경질유가 좋은 기름이고 중질유는 불순물(유황 함유량)이 많고 정제하기 어려운 기름이다.

WTI는 두바이유나 브렌트유보다 유황 성분이 적어서 정유 비용이 적게 들고 효율이 높아 고가로 거래된다.

이처럼 높은 가격에 형성되는 원유는 황의 함량이 낮고 원유의 비중을 나타내는 API도가 높아 탈황 처리 비용이 덜 들뿐만 아니라, 원유를 정제할 때 가격이 비싼 휘발유나 나프타 등 고급 유류를 생산할 수 있다.

유황 성분이 가장 많은 원유는 두바이유이며, 두바이유는 싱가포르에서 현물로 거래된다.

가격은 원유별로 2~3달러 정도 차이가 나지만 원유 도입 가격은 운송비가 가장 큰 결정을 한다.

"아주 큰일을 해냈습니다. 이 일과 관련된 관계자들 모두에게 보너스를 지급하도록 하세요."

자금을 담당하는 예고르 이사에게 말했다. 신의주 특별행정구에 설립 예정인 정유 공장에 충분한 원유를 공급할 수 있게 된 것이다.

더구나 이로 인해서 룩오일은 러시아에서뿐만 아니라 세계적인 석유 회사들에도 전혀 뒤지지 않는 회사로 한층 더 앞서나갈 수 있게 되었다.

"알겠습니다. 정말 축하드립니다."

예고르는 환한 웃음을 지으며 말했다. 룩오일의 인수는 정말 신의 한 수였다.

앞으로 고유가 시대를 맞이하는 상황에서 룩오일이 벌어들일 돈은 어마어마할 것이다.

더구나 세계 공장으로 등장한 중국이 에너지 자원들을 블랙홀처럼 빨아들이는 시기와 맞물렸기 때문에 이번 유전 발견은 더욱 고무적일 수밖에 없었다.

러시아는 나에게 정말 축복이자 약속의 땅이었다.

이곳에서 진행하고 있는 사업들 모두가 실패 없이 성공적으로 이끌어가고 있었다.

자본주의를 받아들인 러시아에서는 이제는 돈이 힘이자 권력으로 자리 잡아가고 있었다.

마피아들도 돈을 벌기 위해 혈안이었고, 정치인과 관료들도 마찬가지였다.

그들 중에서도 나는 가장 독보적인 존재로 나아가고 있었다.

모스크바 8대 조직이었던 말르쉐프와 오코노프가 붕괴하자 모스크바의 다른 마피아들도 이제는 나에게 대항할 생각을 일찌감치 접었다.

체첸 마피아들도 상황은 마찬가지였다.

모스크바는 7대 조직으로 재편되어 샤샤가 이끄는 말르노프 조직이 다른 조직을 압도하고 있었다.

샤샤는 영리한 인물이었다.

조직 관리에도 뛰어나 말르쉐프와 오코노프 두 조직이 합병한 후에도 불만스러운 소리가 전혀 나오지 않았다.

말르노프도 다른 마피아 조직들처럼 돈이 되는 것은 가리지 않았다.

무기 거래와 도박장은 물론 합법적인 사업체까지 소유하면서 힘을 키워갔다.

특히나 무기 거래에서 큰 이익을 남기고 있었다.

나는 운영하는 사업체와 충돌을 일으키지 않는 한 샤샤가 하는 일들에 대해 일절 간섭하지 않았다.

샤샤는 코사크와의 충돌을 피하고자 경비 업무에 대한 사업에서 손을 떼었다.

나는 샤샤가 운영하는 고급 술집을 방문하여 그동안에 있었던 일들에 대해 보고를 받았다.

유럽에서 들여온 사치품들로 꾸며진 술집은 신흥 부자들인 올리가르히와 정치인들이 자주 찾는 명소였다.

술집에서 일하는 여성들 모두가 모델처럼 아름다운 여자들뿐이었다.

"말씀하신 이고리에 관해서는 아직 그를 찾지 못했습니다. 모스크바를 떠난 것으로 생각됩니다."

이고리가 보여줬던 모습이 인상적이었다. 그가 어떻게 그러한 무공을 익혔는지가 궁금했었다.

"그리고 자파드노의 야콥이 소유한 빌딩을 매각한다고 합니다."

자파드노는 모스크바 7대 조직 중의 하나였지만 세력이 가장 약했다.

야콥이 팔려고 하는 빌딩은 스베르 뒤편에 있는 10층짜리 빌딩이었다.

스베르를 중심으로 해서 근처에 있는 건물들을 모두 사들였다. 마지막으로 남은 야콥이 소유했던 빌딩이었다.

사실 은연중에 샤샤가 야콥에게 빌딩을 매각하라는 압력을 행사한 것이다.

"팔려는 생각이 없다고 했는데."

여러 번 매각 의사를 물었지만 야콥은 콧방귀를 뀌었고 말도 안 되는 가격을 불렀었다.

하지만 거대 조직으로 탄생한 말르노프 조직이 자리를 잡고, 이 조직을 이끄는 샤샤의 뒤에 내가 있다는 것을 알게 되자 상황이 달라진 것이다.

"생각이 바뀐 것이지요. 가격도 주변 시세보다 저렴하게 팔겠다고 합니다. 제가 알아서 처리하겠습니다."

샤샤는 내 앞에 놓인 빈 잔에 고급 와인을 따르며 말했다.

"후후! 나에게 주는 선물인가?"

"약소한 것입니다. 말씀만 하시면 모스크바의 절반이라도 가져다드리겠습니다."

샤샤의 말은 진심이었다. 그는 현재 군소조직을 하나둘 흡수하여 모스크바를 완전히 장악하려는 모습을 보였다.

지금 그는 모스크바 절반을 손에 넣겠다는 말이었다.

"모스크바의 절반이라… 배포가 많이 커졌군. 너무 급하게 욕심을 부리면 탈이 나게 마련이야."

"기회가 왔을 때 잡는 것도 나쁘지 않다고 생각합니다. 하나의 세력으로 집중하는 것이 모스크바의 안정에도 바람직한 모습입니다."

샤샤는 내 허락을 원했다.

'혼자서는 가능한 일이 아닌데…….'

"다른 조직과도 연계된 것인가?"

말르노프가 다른 조직보다 거대하다고는 하나 나머지 6대 조직을 혼자서 상대할 수 없었다.

"예, 3개의 조직이 저희와 함께하기로 했습니다. 모스크바는 이제 4개의 조직으로 운영될 것입니다."

내 예상대로였다.

"내가 허락하지 않는다면?"

"진행하지 않겠습니다. 하지만 경비 업무에서 손을 뗀 상황에서 조직의 수입을 늘리려면 새로운 사업이 필요합니다. 세 개의 조직이 운영 중인 운송사업을 하나로 통일하고 싶습니다."

샤샤의 말처럼 되면 모스크바로 통하는 운송과 물류 사업을 장악할 수 있었다.

'샤샤가 물류 쪽을 장악하면 많은 도움이 될 수 있긴 한데……'

모스크바의 운송업체들은 대부분이 마피아의 영향력 아래 있었다.

"마피아 간의 전쟁이 일어나면 경찰이나 러시아 정부가 가만있지 않을 텐데? 모스크바의 일반 시민들도 불안에 떨 테고."

"피는 흘리겠지만, 하루면 충분합니다. 이미 내부 협조자의 섭외를 끝마친 상태입니다. 저희는 협조자의 안전과 사후 처리에만 나서면 됩니다. 세 조직의 보스들이 너무 자신들의 사리사욕에만 신경을 쓴 나머지 부하들의 신망을 잃어버렸습니다."

'이거 내가 생각했던 것보다 더 큰 야망을 품고 있었군……'

샤샤가 욕심을 가지고 있다는 것은 알았지만, 이 정도일 줄은 몰랐다.

사전에 이미 모든 것을 치밀하게 준비한 것 같았다.

"이거 놀라운데, 내가 샤샤를 너무 낮게 봤군."

내 말에 샤샤가 움찔했다.

"전 대표님께 충성을 맹세했습니다. 저를 원하지 않으시면 언제든지 절 제거하십시오. 전 절대 감당할 수 없는 힘에 도전하는 어리석은 사람이 아닙니다."

샤샤는 솔직하게 자신의 마음을 드러냈다. 그의 말처럼 마피아들은 날 어쩔 수 없었다.

내가 소유한 코사크의 전투력은 날로 증가했고, 이제는 인원들도 500명을 넘어서고 있었다.

전투력 증강 차원에서 코사크는 수송 헬기 세 대를 구매한 상태였다.

마음만 먹는다면 샤샤를 포함한 모스크바의 7대 조직의 보스들을 모두 제거할 수 있었다.

"하하하! 여전히 솔직하군. 하지만 이번이 마지막이야. 내 허락 없이 일을 꾸미면 자네 가족들에게 슬픈 일이 생길 거야."

"절대 앞으로는 그럴 일이 없을 것입니다. 제가 잘못된 판단을 했습니다."

샤샤는 나에게 잘 보이고 싶었고, 한편으로는 자신의 야망을 펼치고 싶어 했다.

"모스크바의 밤이 또다시 달라지겠군. 자! 건배하지."

내 말에 샤샤의 입가에 환한 미소가 걸렸다.

그 미소로 인해 마피아 조직 간의 세력 구도가 다시금 변화를 맞이하는 모스크바였다.

도시락은 모스크바 중심부에 새롭게 판매장 두 곳의 문을 열었다.

한 곳은 500평에 달하는 대형 판매장이었다.

이제 도시락은 모스크바에만 여섯 곳의 판매장을 직접 운영하고 있었고, 상트페테르부르크와 블라디보스토크를 합하면 총 10개의 판매장이 있었다.

판매장의 이름은 고야였다.

올해 안으로 노보시비르스크와 니즈니노브고로드에도 판매장을 열 계획이다.

도시락 라면의 인기에 힘입어 판매점에는 도시락 라면뿐만 아니라 한국산 식료품들과 닉스의 제품들도 판매하고 있었다.

러시아 내 도시락 인기는 기존 제품을 제조사에서 제시하는 표준 방법대로 따르지 않고 자신만의 요리법으로 변형해 먹는 모디슈머의 역할이 컸다.

러시아에서는 용기면 도시락에 마요네즈와 소시지를 함께 넣어 먹는다. 칼칼한 맛의 라면 국물과 마요네즈의 고소한 맛이 러시아 소비자들의 입맛을 완전히 사로잡았다.

거기에 현지에 맞는 제품을 발 빠르게 개발했고, 신문 광고도 내보내고 있었다.

올해 중순쯤 TV 광고도 예정되어 있었다.

이러한 도시락의 인기는 러시아를 거쳐 서서히 동유럽 쪽으로 옮겨 가려는 조짐을 보였다.

모스크바 외곽에 건설 중인 도시락 공장이 완공되는 내년 초에는 부족한 공급량도 해소할 수 있는 상황을 맞이할 것이다.

나는 식료품들과 한국산 제품들로 가득 찬 판매장을 둘러보았다.

이번에 새롭게 개점한 도시락 판매점인 고야는 모스크바에서 판매할 물건이 가장 많은 곳 중의 하나였다.

"식료품 공급은 문제없습니까?"

난 판매 책임자인 이동영 과장에게 물었다.

"예, 대표님께서 연계해 주신 올렌까 협동조합에서 안정적으로 공급되고 있습니다."

올렌까는 말르쉐프 조직에서 관리하던 회사로 모스크바에 상당량의 채소와 과일, 그리고 소고기와 돼지고기를 공급했다.

말르쉐프 조직은 적지 않은 도축장을 가지고 있었다.

도축장에서 공급되는 신선한 고기들이 이제는 도시락 판매장인 고야에 우선하여 공급되었다.

올렌까는 무너진 말르쉐프에서 이번 달 안으로 판매 법인인 고야의 자회사로 편입될 예정이다.

판매점들인 고야를 확대할 수 있었던 것도 현지의 식품들을 원활하게 공급할 수 있었기 때문이다.

"문제가 되는 상황은 없습니까?

"예. 인테리어가 마무리되었을 때 마피아가 한번 왔다 갔지만, 그 후로는 일절 모습이 보이지 않았습니다."

이 지역을 관할하고 있는 마피아는 7대 조직 중 하나인 야쿠트였다.

하지만 이 야쿠트의 보스인 키티노프는 샤샤에 의해 제거될 인물 중 하나였다.

모스크바의 변화는 또 다른 기회를 나에게 주고 있었다.

*　　*　　*

러시아는 올해 들어서도 여전히 불안정한 상황이었다. 여전히 물가는 지속적으로 올랐고 실업자들도 계속해서 늘어났다.

러시아 정부에서 추진하는 국영 기업의 구조조정을 통해서 배를 불리는 것은 발 빠르게 움직인 정치인과 기업인 그리고 언론인들이었다.

거기에 하나를 더 보태라면 마피아들이었다.

헐값에 사들인 국영 기업들의 자산을 매각하거나 생산된
물품의 공급 가격을 올리는 수법으로 돈을 벌어들였다.

나 또한 러시아의 국영 기업이자 에너지 기업인 룩오일
과 노바테크, 그리고 다이아몬드를 취급하는 알로사까지
손에 넣었다.

또한 러시아에서 가장 안정적인 은행으로 손꼽히게 된
소빈뱅크와 모스크바 제일의 경비 업체인 코사크, 작년보
다 세 배나 성장한 세레브로 제련 공장까지 운영 중이었다.

한편으로는 도시락 현지 공장과 법인을 설립했고, 그 밑
으로 종합 판매점인 고야와 식료품 공급 업체인 올렌까를
계열사로 편입했다.

러시아에의 사업은 계속해서 확대되었고 빠르게 성장하
고 있었다. 그에 따른 이익도 생각 이상으로 무섭게 늘어났
다.

"종합병원 건설 준비는 어떻게 되어가고 있습니까?"

모스크바에 첨단 시설을 갖춘 종합병원을 설립할 계획이
었다. 모스크바의 병원은 부족했고 시설은 낙후되었다.

많은 돈을 벌게 된 사람들은 물론이고 국민들도 러시아
의 병원을 믿지 못해 해외의 병원을 방문해 치료를 받거나
입원했다.

그렇다고 러시아 의료인의 실력이 크게 떨어지지는 않았다.

문제는 낙후된 시설과 함께 재정이 부족한 정부와 모스크바 당국에서 병원에 대한 의료 지원이 이루어지지 않기 때문이었다.

또한 다른 나라의 병원들과 달리 전반적으로 어둡고 딱딱한 병원 분위기로 인해 사람들은 병원에 가기를 꺼렸다.

거기에 친절하지 못한 의사와 간호사들의 사무적이고 무뚝뚝한 태도도 한몫 거들었다. 러시아 병원은 한마디로 의료 서비스라는 개념과 말을 알지 못했다.

의료 사업도 러시아에서 성공할 수 있는 사업 중 하나였다. 또한 기업의 이익을 사회에 환원한다는 의미도 가지고 있었다.

"러시아 정부와 모스크바 시에서 트레티야코프 미술관 동쪽에 있는 10만㎡(3만 평) 부지를 제공받기로 했습니다."

비서실에 근무하게 된 빅토르 최의 말이었다. 러시아의 비서진들은 모두 13명으로 서울보다 많았다.

루슬란 비서실장을 비롯하여 각각의 비서들은 내가 운영 중인 회사를 맡고 있었다.

종합병원 건립은 두 가지 안을 가지고 추진했다.

기존의 병원을 인수하여 리모델링을 하거나 아예 새롭게

병원을 건축하는 일이었다.

3천 명이 동시에 입원할 수 있는 병원을 설립할 계획이었지만 문제는 3천 명을 수용할 수 있는 병상을 갖춘 병원이 모스크바에는 없었다.

리모델링을 통해서 재탄생시킬 수 있는 모스크바의 병원도 최대 1천6백 개의 병상이 한계였다.

결국 새로운 병원을 설립하기로 한 것이다.

"예산은 얼마나 들어갈 것 같습니까?"

"순수한 건설 비용으로만 1억 달러가 소요될 것으로 보입니다. 거기에 의료 장비들과 의료 연구소의 설립까지 합해지면 총 2억 달러를 예상하고 있습니다."

결코 적은 금액은 아니었다. 병원 설립에 필요한 자금은 룩오일과 소빈뱅크에서 투자하기로 했다.

병원의 이름은 소빈 메디컬센터로 이름을 지었다.

소빈 메디컬센터 설립에 러시아 정부와 모스크바 당국은 토지를 지원할 뿐 모든 건립 비용은 두 회사가 책임질 예정이다.

병원이 완공되면 러시아 회사의 직원들과 가족들은 아주 저렴한 비용으로 치료를 받을 수 있을 것이다.

나는 주택과 의료, 그리고 치안까지 회사의 중요 인물들이 평생 걱정 없이 살아갈 조건들을 만들어 갈 생각이다.

"러시아에서 가장 좋은 병원을 만들 생각으로 진행해야 합니다. 미국이나 유럽에 있는 유명 병원들에 관계자들을 보내 벤치마킹을 해서라도 부족함 없는 병원을 짓도록 하십시오."

치료를 위해 외국으로 나가는 러시아 국민들의 생각과 의식을 바꿀 정도로 소빈 메디컬센터는 러시아의 이전 병원들과는 완전히 달라야 했다.

오히려 외국에서 치료를 위해서 러시아의 소빈 메디컬센터를 찾아오게 하는 것이 최종적인 목표였다.

그것을 위해서 별도로 의학 연구소와 암 센터를 건립할 예정이다.

"예, 이번 달에 미국과 독일, 그리고 프랑스로 설계 팀과 조사 팀을 보낼 예정입니다."

병원 설립에 관한 책임을 맡은 마카로프의 말이었다. 그는 모스크바 의과대학을 졸업하고 룩오일에 입사한 인물이었다.

미국은 전 세계에서 가장 뛰어난 의료진과 시설을 갖춘 곳이었다. 존스 홉킨스 병원과 메이요 클리닉 등 전 세계에서 가장 좋은 병원으로 평가받는 곳 중 대다수가 미국에 자리 잡고 있었다.

독일과 프랑스도 유럽에서 뛰어난 의료진과 의료 시설을

갖춘 나라였다. 러시아의 사람들도 거리가 먼 미국보다 두 나라를 많이 찾았고 병원마다 뛰어난 분야가 있었다.

"한국과 일본도 방문해서 병원마다의 장단점을 파악하도록 하세요. 이번 프로젝트에 특별히 신경을 써야 합니다. 이와 관련된 인력 보강도 추진하도록 하십시오. 기존의 러시아 병원들과는 차원이 다른 병원이 만들어져야 합니다."

러시아에서 돈만 벌어가는 기업인으로 인식되고 싶지 않았다. 러시아 국민들이 믿고 의지하는 국민 기업으로서 앞으로도 100년을 굳건히 뻗어 나아갈 수 있어야만 했다.

소빈 메디컬센터 프로젝트와 관련된 인원들을 대폭 보강할 것이다.

룩오일과 소빈뱅크의 병원 설립에 대한 발표는 러시아 사회에 잔잔한 파문이 되었다.

두 회사처럼 빠르게 성장해 나가면서 그 이익을 사회에 환원하는 기업은 러시아에 없기 때문이다.

옐친 대통령을 비롯한 정부 관계자들 모두가 이러한 결정을 대환영했고, 병원 설립과 관련된 의료 장비와 모든 수입 물품에 한하여 무관세로 처리해 주기로 했다.

모스크바 당국은 병원 건설 기간 사용되는 전기와 수도 요금을 대폭 인하해 주기로 했다.

병원 건립을 위해 무상으로 공급된 토지는 50년간 사용할 수 있으며 차후 협상을 통해서 기간을 연장하거나 토지를 매입할 수 있게 했다.

토지를 매입하게 된다면 현재의 시세보다 35% 정도 저렴하게 매매할 수 있는 옵션을 계약서에 달았다.

Chapter 11

　부르사 탐사 지역에서 발견된 유전은 일단 발표하지 않
기로 했다.

　정확한 매장량이 나온 후에 발표해도 늦지 않았다.

　하루가 다르게 치솟고 있는 유가로 인해 룩오일은 물론
노바테크도 빠르게 이익이 늘고 있었다.

　하지만 다른 러시아의 다른 에너지 기업들은 룩오일과
노바테크만큼은 아니었다.

　아직도 구조조정이 제대로 이루어지지 않아 불안정한 상
태였고, 제때 투자가 이루어지지 않아 원유 산출량도 떨어진 상태였다.

룩오일과 노바테크는 소빈뱅크의 지원에 힘입어 원유와 천연가스를 채굴하는 기존 유전들에 대해 투자를 단행하여 낡은 시설과 설비들을 교체했다.

그 이후 하루에 채굴되는 원유와 천연가스의 양은 이전보다 두 배로 늘어났고, 고유가를 맞이하자 큰 이익으로 돌아오고 있었다.

룩오일은 또한 호주 서부 최대의 도시 퍼스에서 1200㎞ 떨어진 웨일백 철광석 광산 지분의 50%를 4억 3천만 달러에 인수했다. 노천 광산인 웨일백에 미래를 내다보고 시장을 선점해 둔 것이다.

웨일백 광산은 경영이 어려운 상황이었기 때문에 룩오일의 투자를 적극적으로 받아들였다.

특히 호주의 철광석은 다른 국가들보다 철 함량이 높은 편에 속한다.

중국과 인도가 2000년대 같은 급속한 경제 성장으로 나아가지 않은 상태여서 수요가 아직은 많지 않았다.

이 일대는 수백 년을 채굴해도 다 캐지 못하는 엄청난 양의 철광석이 지하에 잠자고 있었다.

앞으로 4~5년 후에는 상황이 달라져 항구도시 퍼스에서 중국과 한국으로 막대한 양의 철광석을 실어 나를 것이다.

한국도 자동차와 철강, 그리고 조선 업종이 발전하면서 상당한 양의 철광석을 소비했다.

한국은 총 철광석 수입량의 60% 이상을 호주에서 수입하고 있었고 브라질과 남아프리카 공화국산이 그 뒤를 잇고 있다.

한국은 호주 철광석에 크게 의존하고 있는 형국이다.

하지만 북한의 양질의 철광석이 남한에 공급되면 상황은 달라질 것이다.

북한에 매장된 철광석도 중국과 한국의 발전 상황에 맞추어서 개발해 나갈 것이다.

이미 그와 관련된 전략과 구상을 담은 로드맵을 작성 중이었다.

나는 점점 더 큰 세계를 향해 달려가고 있었다.

야쿠츠크 공항에 내리자마자 차가운 공기가 얼굴을 때렸다. 3월 말에 들어섰지만, 이곳은 아직도 한겨울이었고 매서운 눈바람이 불고 있었다.

사하자치공화국은 내가 구상하고 있는 자원 로드맵의 정점에 있는 곳이다.

러시아 가스 자원의 27%, 석유의 21%, 석탄의 45%가 묻혀 있는 극동 러시아에 몰려 있었다.

더구나 이곳 사하공화국의 자원 개발권은 내가 소유한 회사들인 알로사와 룩오일, 그리고 노바테크에서 모두 가지고 있었다.

나는 이 개발권을 손에 넣기 위해서 상당한 투자를 사하공화국에 하고 있었다.

확장 공사에 들어간 야쿠츠크 공항도 내년이면 국제공항으로서의 면모를 드러낼 것이다.

"오셨습니까?"

사하공화국 내의 다이아몬드 광산을 책임지고 있는 드미트리가 마중을 나와 있었다.

알로사를 인수한 후, 나는 곧바로 부실한 사업 분야를 정리하고 회사에 피해를 주는 인물들을 내보냈다.

하지만 마중 나온 드미트리는 사하공화국 내에 자리 잡고 있는 광산들의 총책임자로 임명했다.

성실할 뿐만 아니라 다이아몬드에 관하여 해박한 지식과 알로사를 자랑스럽게 생각하는 면이 내 마음에 들었다.

"현재 상황은 어떻습니까?"

내가 사하공화국으로 급하게 날아온 것은 알로사의 다이아몬드 광산을 해고된 광부들이 한밤중에 기습 점검했기 때문이다.

이들은 다이아몬드 원석을 몰래 외부로 빼돌리려고 했던 인물들로 극동아시아의 최대 마피아 조직인 라리오노프 형제의 사주를 받았다.

러시아의 마피아는 고전적인 서방의 마피아와는 다른 특징을 갖고 있다.

서방의 마피아는 몇 개의 패밀리가 전국에 걸쳐 중앙에서 말단까지 조직 통제 능력을 갖추고 있어 사법 당국과의 마찰을 최대한 피하면서 자신들만의 울타리를 확대해 간다.

그러나 러시아는 중앙이 따로 없이 수백 개의 패밀리가 독자적으로 활동하면서 지역 분할을 둘러싸고 피의 전쟁을 벌이고 있었다.

나 또한 모스크바만을 통제할 뿐이었다.

라리오노프는 600여 명에 달하는 조직원을 두고 있으며, 무기고와 전문 정보 팀까지 두고 있는 강력한 조직이었다.

현재 라이오노프는 블라디보스토크에서 큰 영향력을 발휘하고 있는 블리노브치를 위협하고 있었다.

소녀의 아버지이기도 한 블리노브치는 습격을 당한 후 활동이 상대적으로 위축되었고, 라이오노프가 그 틈을 파고들고 있었다.

"다이너마이트를 광산에 매설한 상태인 것 같습니다. 자신들의 조건을 들어주지 않으면 광산을 폭파하겠다고 합니다."

"조건이 무엇입니까?"

"자신들을 복직시키고 2천 달러의 위로금을 달라고 합니다."

"광산에 진입한 인물들은 모두 몇 명입니까?"

"여섯 명입니다."

"경찰에게는 연락하지 않았지요?"

"예, 말씀하신 대로 신고를 하지 않았습니다."

러시아의 경찰이 해결할 수 없는 일이었다. 더구나 사하공화국의 경찰은 장비와 실력이 모스크바의 경찰보다 떨어졌다.

또한 이곳은 인구가 적어 범죄도 잘 일어나지 않는 지역이었다.

"우선 광선으로 가면서 이야기하지요."

공항 밖에는 두 대의 버스와 여러 대의 승용차가 준비되어 있었다.

내 뒤로 경호원들과 코사크의 타격대 30명이 뒤따르고 있었기 때문이다.

다이아몬드 광산은 사하공화국의 수도인 야쿠츠크에서

50㎞ 정도 떨어져 있었다.

50명 정도의 직원이 일하는 빌류 광산은 알로사가 소유한 사하공화국 내의 광산 중에서 제일 작은 곳이었다.

빌류 광산은 4명의 경비원이 교대로 경비하고 있었다.

광산에 침입한 문제의 인물들은 광산 주변을 꿰뚫고 있었고 새벽 시간을 이용하여 외부 철망을 절단기로 절단해 들어왔다.

또한 광산으로 들어가는 문의 열쇠를 사전에 복사해서 가지고 있었다.

침입자들은 광산 안에 불을 밝히기 위해 발전기를 돌리다가 발각되었다.

빌류 광산은 다른 다이아몬드 광산과 달리 노천광산이 아니었다.

터널처럼 긴 굴을 따라 들어가야지만 채굴장이 나왔다.

빌류 광산에는 다른 다이아몬드 광산의 경비원들도 출동해 있었다.

자동소총을 든 다섯 명의 경비원이 입구를 막고 외부인들의 출입을 통제하고 있었다.

"막지 못해서 정말 죄송합니다."

빌류 광산의 경비원이 잔뜩 풀이 죽은 얼굴로 내게 말했다. 그 뒤로 서 있는 세 명도 어깨가 축 처져 있었다. 나의 한마디가 그들의 삶을 바꿀 수 있기 때문이다.

알로사는 사하공화국 내에서 최고의 회사이자 직장이었다.

"다친 사람은 있습니까?"

"없습니다. 몰래 들어가려고 한 것 같은데 발전기를 돌리는 바람에 발각되었습니다. 그러고는 곧장 광산 안으로 들어가 버렸습니다."

발전기가 가동되지 않으면 전기와 내부로 공기를 주입할 수 없었다.

"침입자들은 무기를 가지고 있었습니까?"

"정확히는 모르겠습니다. 회사에서 쫓겨난 레오니드가 밖으로 나와 광산 안으로 들어오면 설치한 다이너마이트를 터뜨리겠다고 말했습니다."

"알겠습니다. 광산으로 들어가는 입구는 이곳 하나입니까?"

광산 책임자인 드미트리를 보며 물었다.

"환기구가 있기는 하지만 어른이 들어갈 수는 있는 크기의 구멍은 아닙니다. 안으로 들어가려면 저 문밖에는 없습니다."

"이거 정말 답이 없겠는데."

드미트리의 말을 들은 내 옆에서 김만철이 고개를 저으며 말했다.

그도 그럴 것이 무작정 안으로 들어갔다가 광산을 불법으로 점거한 인물들이 다이너마이트를 터뜨리면 꼼짝없이 갇히거나 자칫 목숨을 잃을 수도 있었다.

다이너마이트가 터지면 터뜨린 자신들도 위험한 일이었지만 행여 터뜨리지 않을 것이라는 모험을 걸고 안으로 들어갈 수는 없었다.

무력을 써서 제압하기 힘든 상황이었다.

코사크의 타격대는 무기를 점검하면서 광산 주변에 포진하고 있었다.

"대화는 나누어봤습니까?"

"대화를 거부하고 있습니다. 무작정 자신들의 요구를 들어달라고만 합니다."

'뭔가 좀 이상한데……. 저들의 요구 조건을 들어주어서 회사에 복직한다고 해도 버티질 못할 텐데. 더구나 돈을 요구한다는 것이…….'

앞뒤가 맞지 않은 조건이었다. 회사의 복직은 이해가 되어도 위로금 2천 달러는 뭔가 이상했다.

더구나 광산 안에서 버티는 것도 한계가 있다. 퇴로가 없기 때문이다.

회사에서 그들의 제의를 거부하고 광산 입구를 막아버리거나 내부 전기를 끊어버리면 끝나는 일이다.

복직을 원한다면 차라리 사무실로 쓰이는 건물을 점검하고서 일을 벌이는 것이 나았다.

'뭔가 이상한데…… 혹시 광산 안에 목적이 있었던 것이 아닐까?'

"광산 내부와는 연결된 전화가 없습니까?"

"있습니다. 입구와 터널 중간, 그리고 작업장까지 세 곳에 연락을 할 수 있는 전화기가 있습니다."

"그럼 전화를 걸어서 내가 왔다고 전하십시오. 그리고 요구 조건을 들어줄 테니 나오라고 하십시오."

"정말 복직을 시키시려고 하십니까? 저들은 범죄자입니다."

드미트리가 놀란 눈을 하며 물었다.

"광산에서 나오게 하려는 것입니다. 제 생각이 맞다면 저들은 광산에서 쉽게 나오지 않을 것입니다."

"그게 무슨 말씀이신지?"

드미트리는 이해하지 못하겠다는 표정이었다.

"일단 협상안을 받아들인다고 하십시오. 그 후의 일은 상황을 살피면서 대처하도록 하지요."

"알겠습니다. 사무실로 가시지요"

드미트리의 안내로 우리는 상황실이 설치된 사무실로 향했다.

　"막심! 회사의 대표가 왔다는데, 어떡하지?"

　불안한 표정을 한 사내가 얼굴에 수염이 가득한 남자를 향해 말했다.

　그의 옆으로는 4명의 시체가 차가운 바닥에 드러누워 있었다.

　모두가 머리나 가슴에 총을 맞았는지 각 부위에서 피가 흘러나왔다.

　아무렇게나 널브러져 있는 네 구의 시체는 갑작스럽게 당했는지 반항한 흔적이 전혀 보이지 않았다.

　"계획대로 해야지."

　말을 하는 막심의 손바닥 위로는 세계에서 가장 희귀하고 가치 있는 다이아몬드로 알려진 핑크 다이아몬드 원석이 놓여 있었다.

　핑크 다이아몬드 원석의 크기는 큰 밤알보다도 컸다.

　희귀한 핑크 다이아몬드는 쉽게 발견되지 않을뿐더러 주로 1캐럿 내외의 작은 돌로 산출된다. 수 캐럿이 넘어가는 크기의 것은 더욱 드물게 산출된다.

　막심의 손에 올려진 핑크 다이아몬드는 적어도 30캐럿

이상의 크기였다.

이 정도 크기의 핑크 다이아몬드는 수백억을 넘어서는 가격으로 거래되고 있었다.

보석 경매 역사상 가장 비싼 가격으로 팔린 59.6캐럿의 핑크 다이아몬드는 소더비 경매에서 916억 원에 거래되었다.

"뭐라고 할까?"

"요구 조건을 들어주면 나가겠다고 해."

막심의 관심은 온통 핑크 다이아몬드에 가 있었다.

잠시 뒤 다시금 목소리가 들려왔다.

"조건을 들어주겠대."

"그래, 그럼 나가야지. 니콜라이, 이리 좀 와 봐."

니콜라이라 불린 사내는 막심의 말에 그에게로 걸어갔다.

"왜, 살아난 놈이라도 있어?"

탕!

털썩!

총소리와 함께 니콜라이는 아무런 말도 하지 못한 채 그대로 앞으로 꼬꾸라졌다.

"그래, 바로 네가 살아 있잖아."

막심은 방금까지 살아 있던 니콜라이에게로 다가가 그의 몸을 발로 찼다.

아무런 반응이 없는 것을 확인하자 니콜라이의 입을 벌려 가지고 있던 핑크 다이아몬드를 집어넣었다.

"나를 원망하지 말라고, 친구. 죽어서라도 핑크 다이아몬드를 입에 물게 되었으니까."

막심은 목구멍까지 핑크 다이아몬드를 억지로 넣은 다음 니콜라이의 입을 닫았다.

"그럼 나도 나가야겠지."

막심은 니콜라이가 허리에 차고 있던 권총을 들고서는 자신의 어깨를 겨냥했다.

탕!

아악!

요란한 비명과 함께 막심은 재빨리 자신의 왼쪽 어깨를 부여잡았다.

"으흐! 지독하게 아프군."

얼굴을 찡그린 막심은 들고 있던 권총을 쓰러져 있는 니콜라이의 손에 쥐어줬다.

"광산 밖으로 사람이 나오고 있습니다."

밖에서 대기하고 있던 코사크 대원이 알려왔다.

나를 비롯해 사무실에서 상황을 파악하던 사람들 모두가 밖으로 향했다.

광산에서 한 인물이 코사크 대원의 부축을 받으며 힘겨운 발걸음을 옮기고 있었다.

총상을 입었는지 압박 붕대로 응급조치된 왼쪽 어깨에서 붉은 피가 흥건하게 묻어나왔다.

한쪽 얼굴도 타박상을 입었는지 멍 자국과 함께 찢어진 상처에서도 피가 흘러내렸다.

"어떻게 된 일인가?"

현장에 접근한 코사크 대원에게 김만철이 물었다.

"서로 다툼이 있었던 것 같습니다.

"다툼이라니?"

"지금 나오는 자만 살아 있었고, 나머지는 다 죽어 있었습니다."

"다 죽었다고?"

내가 다시금 대원에게 확인하듯 물었다.

"예, 다섯 구의 시체마다 가슴과 머리에 총상이 있었습니다."

'다섯 명이 죽었다. 무엇 때문에…….'

"생명에 지장이 없다면 저자를 사무실로 데려오도록 해."

"알겠습니다."

내 말에 코사크 대원은 다른 대원의 부축을 받고 나오는 막심에게로 향했다.

막심의 뒤로는 뻣뻣하게 굳어버린 이전 광부들의 시체가
하나씩 밖으로 나오고 있었다.

고통스러운 표정으로 오른손으로 왼쪽 어깨를 감싸고 있
는 막심은 고개를 푹 숙인 채 내 질문에 답을 했다.

"무엇 때문에 광산에 들어간 것입니까?"

"복직을 원하기 때문입니다. 저희는 좀 억울한 면이 있었
습니다. 누군지 모르지만, 저희 작업복에 다이아몬드를 몰
래 넣어 놓았습니다."

"미화 2천 달러를 요구한 이유는 무엇입니까? 복직을 원
한다면 돈을 요구하지 말아야 하는 것 아닙니까?"

"저희는 일방적으로 쫓겨난 달의 월급과 퇴직금을 받지
못했습니다. 그래서인지 저의 의견과 상관없이 니콜라이가
요구한 조건입니다. 사실 저흰 회사에 복직되어 일할 수 있
기만 바랐습니다."

막심은 마치 준비된 연설문을 읽는 것처럼 차분하게 말
했다.

"죽은 사람들은 어떻게 된 것입니까?"

"그건 저희의 의사와 상관없이 일을 크게 벌인 니콜라이
와 다툼이 일어난 것이 시초였습니다. 니콜라이와 소로킨

이 돈을 받는 것에 찬성했고, 저를 비롯한 나머지가 반대했습니다. 의견이 맞지 않자 몸싸움으로 번졌고, 갑자기 니콜라이가 총을 꺼내 들어서…….”

막심의 말은 총을 숨겨 들어온 니콜라이와 소로킨에 의해 동료들이 총격을 받았고, 그중 한 명이 소로킨의 총을 뺏어서 소로킨과 니콜라이를 죽였다는 것이었다.

총을 빼앗은 동료도 니콜라이가 쏜 총에 맞아 죽고, 살아남은 막심은 달아나다가 어깨에 총을 맞았다는 말이었다.

‘이야기가 뭔가 허술한데…….’

시체들의 총상은 다들 한 군데뿐이었다. 더구나 몸싸움이 벌어진 상황에서 머리와 가슴 등 치명상을 입을 수 있는 곳을 향해 정확하게 총을 쏜다는 것은 노련한 명사수가 아닌 이상 불가능했다.

“한데 서로에게 총을 쏠 만큼 사이가 안 좋았습니까?”

“갑작스럽게 일어난 일이라…….”

문제는 막심이 너무 차분하다는 점이었다. 5~6년간을 함께 일하던 동료들이 사망했는데도 슬픔에 잠기거나 걱정하는 기색이 전혀 없었다.

“알겠습니다. 구급차가 올 테니 여기서 잠시만 기다리십시오.”

“예, 정말 죄송합니다. 이러려고 한 것은 정말 아니었습

니다."

막심은 고개를 숙이며 말했다. 하지만 그의 말에서는 진
정성이 느껴지지 않았다.

Chapter 12

　다섯 구의 시체는 지금 벌어진 일에 대해 아무런 말이 없었다.

　가지런히 놓여 있는 시체들의 모습에서 허무함이 느껴졌다. 고작 2천 달러의 보상금 문제로 싸움을 벌였던 것이다.

　"전문가의 솜씨가 아니라면 가까운 거리에서 총격을 받은 것 같습니다."

　코사크 타격대를 이끄는 구세프 팀장의 말이었다.

　"나도 막심의 말을 믿을 수가 없어. 무슨 목적이 없고서야……."

그때 내 눈에, 가슴에 총상을 입고 죽은 니콜라이의 모습이 들어왔다. 다른 시체들은 모두 눈을 크게 뜨고 입을 벌리고 있었다.

그런데 니콜라이는 입을 꼭 다물고 있었다.

문제는 총을 맞을 때 몰려오는 고통 때문에 비명이나 신음성을 지른다.

그 때문이라도 입을 벌릴 수밖에 없었다.

"저 시체가 좀 이상하지 않나? 유독 입을 꼭 다물고 있잖아. 누가 일부러 그런 것처럼 말이야."

"그러네요. 저희 대원이 그러지는 않았을 것입니다."

구세프의 말에 머리를 스치는 것이 있었다.

"시체의 입을 열어보게."

내 말이 떨어지자마자 앞쪽에 있던 코사크 대원이 니콜라이의 입을 강제로 열었다. 그러자 목구멍 안쪽에서 전등불에 반사된 불그스름한 빛이 흘러나왔다.

"목구멍에 뭔가 있습니다."

코사크 대원이 손가락을 집어넣어 목구멍에서 빼낸 것은 어른 엄지손가락만 한 핑크 다이아몬드였다.

호주에 있는 아가일 광산은 전 세계 다이아몬드 광산 중 유일하게 핑크 다이아몬드를 생산하는 곳이다.

핑크 등 유색 다이아몬드는 일반적인 무색 다이아몬드보다 20~50배가량 비싸다.

핑크 다이아몬드의 대부분은 전 세계 핑크 다이아몬드 생산량의 90% 이상을 차지하고 있는 서호주주(州) 리오 틴 토사의 아가일 광산에서 채굴된 것이다.

희귀한 핑크 다이아몬드는 오로지 경매로만 판매가 이루어진다.

광산에서 채굴되는 다이아몬드가 100만 캐럿이라 했을 때 유통을 위해 경매 입찰이 가능한 아가일 핑크 다이아몬드는 단 1캐럿밖에 안 된다. 그야말로 0.1%의 희소가치를 가진 보석이다.

더구나 아가일 광산은 2020년 폐광될 예정이라 매년 핑크 다이아몬드의 가격은 빠르게 상승하고 있다.

아가일에서 생산된 핑크 다이아몬드는 실제로 캐럿당 100만 달러 이상에 거래되고 있어서 일반 다이아몬드와는 비교가 불가능한 가치를 지니고 있다.

그런 핑크 다이아몬드가 시체에서 나온 것이다.

핑크 다이아몬드에서 뿜어져 나오는 빛은 무척이나 신비로웠다.

무채색의 일반 다이아몬드와는 전혀 다른 빛깔의 영롱한

빛이 사람의 눈과 마음을 끌어들이고 있었다.

"이것 때문에 다섯 명을 죽게 만들다니……."

오늘 벌어진 사건은 내 손에 들려진 핑크 다이아몬드로 인해 벌어진 일이었다.

"막심을 어떻게 할까요?"

광산 책임자인 드미트리가 물었다.

"법의 심판을 받게 해야지요."

러시아 법은 가혹했다. 막심이 다섯 명을 죽였다면 그는 사형에 처해질 것이다.

"한데, 이 핑크 다이아몬드가 쉽게 발견되는 것입니까?"

"아닙니다. 저도 이렇게 큰 핑크 다이아몬드는 처음 봅니다. 유채색의 핑크 다이아몬드는 대부분 호주의 아가일 광산에서 채굴됩니다. 가끔 일반적인 다이아몬드 광산에서도 발견되기는 하지만 정말 흔치 않습니다."

"혹시 말입니다. 죽은 자들과 막심이 빌류 광산에서 새로운 다이아몬드 광맥을 발견할 것이 아닐까요?"

혼자 살아남은 막심은 빌류 광산에서 발파작업을 주로 맡았다.

새로운 다이아몬드의 출연은 그와 죽은 동료들이 발파작업 중에 우연히 새로운 광맥을 발견한 것이 아닌가 하는 생각이 들게 했다.

"가능성이 없는 것은 아닙니다. 만약 새로운 광맥에서 핑크나 레드 다이아몬드가 나온다면 그 값어치는 일반 다이아몬드하고는 비교할 수 없습니다."

"그렇다면 막심의 입을 열게 해야겠군요."

나는 막심이 있는 방으로 향했다.

막심은 이전과 달리 초조한 빛을 띠지 않았다.

"팔은 어떻습니까?"

핑크 다이아몬드가 그의 동료 입에서 나왔다는 것을 모르고 있는 막심이었다.

그는 평안한 얼굴을 한 채 연락을 받고 광산에 도착한 의사에게서 왼팔의 총상을 치료받고 있었다.

"고통은 좀 덜해졌습니다. 죽은 동료들은 어떻게 됩니까?"

막심은 나의 반응을 살피며 물었다.

"경찰이 도착해 조사가 끝나면 모두 병원으로 후송될 것입니다."

"후! 어처구니없는 일이 벌어지다니……."

막심은 니콜라이의 입속에 숨겨놓은 핑크 다이아몬드를 발견하지 못할 것이라 자신하고 있었다.

"혹시 나에게 달리 할 말은 없습니까?"

"예, 그다지 드릴 말씀은 없습니다. 이런 일이 벌어진 것에 대해서는 정말 죄송할 뿐입니다."

미안함이 전혀 느껴지지 않는 사과였다.

"알겠습니다. 잠깐 나가 계시겠습니까?"

막심에게 새 붕대로 갈아주던 의사에게 말했다. 의사와 그를 돕던 간호사가 함께 사무실 밖으로 나갔다.

"막심 씨도 경찰 조사가 이루어질 것입니다. 그리고 이게 죽은 사람의 입속에 들어 있더군요. 이것에 대해서 정말 한 말이 없습니까?"

호주머니에서 핑크 다이아몬드를 꺼내놓자 막심의 눈동자가 심하게 흔들렸다.

"모… 르겠습니다."

막심은 내가 원하는 대답을 하지 않았다.

"다시 한 번 묻지? 이게 마지막이란 걸 알아야 해. 이미 네가 저지른 일에 대해서 조사를 다 마쳐놓았으니까. 조사한 내용을 그대로 경찰에 넘기면 넌 형장의 이슬로 사라지겠지. 이 다이아몬드는 어디서 발견한 거야?"

이전처럼 막심을 존대해 주지 않았다. 싸늘한 말투로 내뱉는 내 말에 막심의 얼굴이 사색으로 바뀌었다.

그는 내가 이 사하공화국에서 어떤 위치에 있는지를 어렴풋이 알고 있었다.

"……."

하지만 막심은 쉽게 입을 열지 않았다.

"좋아. 넌 다섯 명의 인물을 죽인 것으로 경찰에 넘겨질 것이다. 그리고 아주 이른 시일 안에 사형이 집행될 것이다. 내가 그렇게 만들어주지."

무미건조한 말투로 말을 마친 나는 의자에서 일어나 사무실 밖으로 나가려고 했다.

그때 등 뒤에서 막심의 목소리가 들려왔다.

"동료들은 니콜라이가 죽인 것입니다. 난 살기 위해서 니콜라이를 죽인 거고……. 그… 그 다이아몬드는 A3 지역에서 발견된 것입니다. 새로운 루트를 뚫다가 폭약의 강도를 잘못 조절하는 바람에 발견한 것입니다. 그리고 저는 정말 살기 위해서……."

막심은 포기한 듯 자신이 알고 있는 사실들을 털어놓기 시작했다.

그의 말이 어디까지 진실이고 거짓인지는 알 수 없지만 말이다.

곧바로 A3 지역에 대한 조사가 이루어졌다.

막심이 말한 장소에는 출입금지 푯말이 있었는데 발파된 구역으로 들어가는 입구를 돌무더기로 임시로 막아놓았다.

돌무더기를 치우자 어른 하나가 간신히 들어갈 수 있는

구멍이 나왔다.

구멍 안쪽으로 램프를 비추자 공간이 보였고, 공간은 안쪽에서 충분히 일어설 수 있는 크기였다.

나를 비롯한 김만철과 드미트리만이 개구멍을 통과하듯이 안으로 기어서 들어갔다.

안쪽으로 5~6m 정도 더 기어서 들어가자 일어설 수 있는 공간이 나왔다.

램프를 들고 안쪽으로 20m를 더 들어가자 상당히 넓은 공간이 나타났다.

막심이 이야기한 공간이었다.

수십 명이 한꺼번에 머물 수 있을 정도의 공간으로 가운데는 기둥처럼 생긴 바위가 위로 솟구쳐 있었다.

더는 이어진 공간이 없었기 때문에 들고 간 램프로 천천히 벽면을 살폈다.

그때였다.

서쪽 벽면 위를 비췄을 때 붉은 광채들이 반짝였다.

"이쪽입니다!"

내 소리에 두 사람이 벽면을 향해 램프를 동시에 비췄다.

그러자 영롱한 빛을 내는 다이아몬드 원석들 10여 개가 벽면에 박혀 있는 것이 보였다.

모두가 레드 다이아몬드와 핑크 다이아몬드였다.

다이아몬드 원석들이 암석에 박힌 채로 발견되기는 하지만 이렇게 10여 개나 되는 다이아몬드가 암석에 박혀 있는 것은 정말 이례적인 일이었다.

다이아몬드 광산에서 보통 흙 25톤이나 그에 상당하는 암반을 채굴해야만 1캐럿의 다이아몬드를 얻을 수 있다. 더구나 그중 보석으로 쓸 수 있는 원석은 절반밖에 안 된다.

다이아몬드 채굴에 상당한 자금이 들어가는 이유 중의 하나였다.

그런데 지금 눈앞에 보이는 원석들은 암반에 그대로 노출되어 지금 당장에라도 채굴할 수 있는 상황이었다.

"크기가 다들 상당합니다. 정확히 살펴야 하겠지만, 품질도 뛰어난 원석들 같습니다. 정말 이런 광경은 처음 봅니다."

놀란 눈을 한 채 말하는 드미트리는 무척 흥분한 듯했다.

"막심이 말한 것처럼 새로운 광맥이 나온 것입니까?"

"예, 이 정도라면 안쪽 광상(鑛床)에도 상당한 양의 원석들이 존재할 것입니다. 만약 새로운 광맥이 아가일과 같은 광맥이라면 다이아몬드 원석들의 값어치는 지금과는 비교할 수 없을 정도로 올라갈 것입니다."

광상은 유용한 광물이 땅속에 많이 묻혀 있는 부분을 가리키는 말이었다.

세계에서 유일하게 핑크 다이아몬드를 생산하는 아가일

광산은 1년에 단 한 번만 경매를 통해서 다이아몬드를 판매했다.

현재 아가일은 광산의 수명을 늘리기 위해 채굴량을 줄이려 하고 있었다.

"핑크 다이아몬드의 가격은 어느 정도 되는 것입니까?"

"일반 다이아몬드와 비교하면 적게는 20배에서 특별한 경우이기는 하지만 원석의 질에 따라 100배까지 차이가 날 때도 있습니다."

드미트리의 말대로라면 빌류 광산은 러시아 제일의 다이아몬드 광산이 될지도 모를 일이었다.

"내일이라도 당장 조사 팀을 꾸려 어느 정도의 광맥인지를 확인하십시오."

"알겠습니다. 한데 막심은 어떻게 처리하실 것인지요?"

드미트리는 막심에 대해 다시 한 번 물었다.

"죗값을 치러야지요. 그 죄가 살인이 될지, 강도질이 될지는 모르겠지만요."

"막심은 아마 다이아몬드를 마피아에게 넘기려고 했을 것입니다. 마피아가 만약 막심에게서 눈앞에 보이는 광경을 전해 들었다면 광산을 노릴 수도 있습니다."

드미트리가 염려하는 것은 망치와 정만을 이용하더라도 지금 눈앞에 보이는 핑크 다이아몬드를 채굴할 수 있다는 점이었다.

돈이 되는 것이라면 물불을 가리지 않고 달려드는 러시아 마피아들이기에 수천만 달러의 값어치가 될 수도 있는 다이아몬드를 강탈하려고 들 수도 있었다.

더구나 극동아시아 지역의 마피아들은 나에 대해서 아직은 잘 알지 못했다.

"염려하지 마십시오. 그렇게 되지 않도록 하겠습니다."

새로 발견된 광맥에 대한 정확한 조사 결과는 며칠 내로 나올 것이다.

막심은 현지 경찰에 인계되었고, 그가 저지른 일에 대해서는 충분한 죗값을 치르게 될 것이다.

현장은 빠르게 수습되었고, 빌류 광산의 경비 인력을 4명에서 12명으로 늘렸다.

또한 절단기에도 절단되지 않는 철망을 이중으로 설치하고 감시카메라를 곳곳에 설치했다.

현지 경찰에 협조를 요청해서 하루 두 번씩 빌류 광산 주변을 순찰하도록 했다.

빌류 광산은 나에게 또 하나의 자금줄이 되어줄 보고(寶庫)였다.

Chapter 13

　러시아에서 쉽게 볼 수 없는 쿠바산 시가를 힘껏 빨아들이는 인물의 얼굴에는 흥미로움이 넘쳐났다.

　"사하공화국 내의 빌류 광산에 수천만 달러의 값어치가 나가는 다이아몬드를 보관 중이라고 합니다."

　"후— 우! 확실한 거냐?"

　시가를 내뿜으며 말하는 인물의 얼굴에서는 자신감이 넘쳐흘렀다. 그는 라리오노프 형제들을 이끄는 블라지미르였다.

　블라지미르는 포악하고 잔인한 인물로 그의 손에 의해 죽어 나간 마피아 보스들만 해도 10여 명이 넘었다.

극동 아시아에서 가장 큰 세력을 형성하고 있는 라리오노프는 노보시비르스크를 중심으로 활동하는 조직이다.

노보시비르스크는 140만이 넘어서는 인구로 러시아의 제3의 도시이자 시베리아 지역에서 가장 큰 도시다.

노보시비르스크는 러시아의 중앙부에 위치한다는 지정학적 특성과 함께 유리한 자연환경 때문에 애초부터 극동 시베리아 지역과 우랄 산맥 너머의 수도권을 연결하는 물류의 중심지로 떠올라 급속하게 성장한 시베리아 최대 공업 도시다.

라리오노프는 이 도시를 지배하는 조직이었다.

"예, 하지만 문제가 있습니다."

"뭐지?"

"광산의 소유주가 문제입니다."

"소유주가 누군데?"

"광산은 알로사가 소유주로 있는데, 그곳의 대표가 표도르 강입니다."

표도르 강은 내가 러시아의 명예 시민권을 받았을 때 불린 이름이었다.

표도르는 신의 선물이라는 뜻이다.

표도르 강이라는 이름도 신이 러시아에 준 선물 같은 존재라는 뜻으로 붙여진 러시아식 예명이었다.

"음, 그럼 그만둬. 놈과 부딪치면 위험해."

라리오노프도 모스크바로의 진출을 시도하면서 코사크를 이끄는 나에 대한 조사가 이루어졌었다.

"저도 그 점은 염려되었지만 빌류 광산에서 새롭게 발견된 다이아몬드가 핑크 다이아몬드라고 합니다."

"그게 뭐가 다른데?"

심드렁한 표정의 블라지미르가 물었다.

"일반 다이아몬드보다 수십 배의 값어치가 있다고 합니다. 핑크 다이아몬드는 지금까지 호주 있는 광산에서만 유일하게 생산되고 있습니다."

"그래서 핑크 다이아몬드가 빌류 광산에 있다는 말이야?"

"예, 한 개에 수백만 달러를 호가하는 다이아몬드가 수십 개나 있다고 합니다."

"음, 정보는 확실한 것이냐?"

"예, 빌류 광산에서 핑크 다이아몬드를 빼돌리려고 한 막심이라는 광부의 입에서 나온 말입니다. 그 광부가 핑크 다이아몬드를 빌류 광산에서 처음 발견했다고 합니다. 그리고 막심이 플레카트 놈들에게 다이아몬드를 넘기려고 했다가 실패했습니다. 그래서……."

플레카트는 사하공화국 내의 마피아 조직으로 80명의 조직원을 두고 있었다.

러시아의 모든 도시엔 대략 2천6백 개의 범죄 조직이 활동하고 있으며, 이중 300개 정도는 대규모의 마피아 조직이다.

"결론이 뭐냐?"

"플레카트가 우리에게 도움을 요청했습니다. 놈들도 표도르 강을 부담스러워하고 있습니다. 저희가 뒤를 봐주길 원합니다."

"조건은?"

블라지미르의 표정이 바뀌며 흥미를 느끼기 시작했다.

"6 대 4입니다. 플레카트가 일은 알아서 처리한다고 합니다. 우리는 사건을 잘 무마해 주면 됩니다."

부하는 아주 쉬운 일처럼 말했다.

"후— 우! 5 대 5로 해. 표도르 강은 쉬운 놈이 아니야. 악랄한 체첸 놈들도 한 수 접고 들어가는 놈이지. 조건이 맞지 않으면 굳이 우리가 위험을 무릅쓰고 나설 필요는 없다."

다시 한 번 시가의 연기를 뿜어내는 블라지미르는 이미 다이아몬드를 손에 넣은 듯한 표정이었다.

"알겠습니다. 그렇게 전하겠습니다."

"일이 실패하면 우리는 절대 나서지 않는다. 그리고 성공해도 다이아몬드만 챙겨. 우리도 사업을 확장하기 위해선 모스크바로 가야만 해. 지금은 표도르 강과 부닥칠 때가 아니야."

"꼬리 자르기를 하라는 말씀입니까? 그러면 다른 조직들이 저희에게 자칫 등을 돌릴 수도 있습니다."

마피아 조직 간에도 협조와 신의가 중요했다. 물론 큰 이권을 앞에 두고는 서로에게 거침없이 총질을 했다.

"그러니까 적당히 움직이라고. 놈들 눈에는 우리가 움직이는 것처럼 말이야. 표도르 강은 절대 당하고만 있을 인물이 아니다."

"무슨 말씀인지 알겠습니다."

"후— 우! 표도르 강의 실력을 한번 보자고. 소문이 사실인지 말이야."

길게 시가 연기를 뿜어내는 블라지미르의 눈은 재미있는 놀잇거리를 찾은 아이처럼 반짝거렸다.

* * *

강남의 고급 룸살롱에는 청운회의 멤버들이 모여 있었다.

재계와 정치계에서 내로라하는 총수나 정치인의 후계자들의 모임인 청운회를 이끄는 이중호는 오랜만에 술자리에 참석했다.

"요새 너무 바쁜 것 아냐?"

미국에 있다가 잠시 한국에 들어온 한종우의 말이었다.

그는 이중호와 같은 나이로 대용그룹의 한문종 회장의 장남이다.

"신경 쓸 일들이 많아서. 술이나 한잔 줘봐라."

"형이 나오질 않아서 재미가 없었어요."

조니워커 블루를 이중호에 빈 잔에 따르며 말하는 인물은 한국종합금융사(종금사)의 후계자인 홍기영이었다.

한국종금은 국내에서 가장 큰 종금사였고 증권회사도 가지고 있었다. 종합금융회사는 증권 중개 업무와 보험 업무를 제외한 장단기 금융, 투자신탁, 시설 대여 업무 등 국내 금융기관이 영위하는 거의 모든 금융업을 영위하는 제2금융권 금융기관이다.

종금사는 국제 수지상의 애로가 컸던 1975년 종합금융회사에 관한 법률에 따라 외국 자본 도입을 촉진하기 위해 설립되었고, 이를 위해 6개 종금사가 외국 금융기관과 합작으로 설립되었다.

그러나 94년에 지하 자금을 양성화한다는 취지로 투자금융 회사가 대거 종합금융 회사로 전환되면서 해외자금 조달 기능보다는 CP(기업어음) 할인을 통한 기업들에 단기 자금을 공급하는 역할이 주된 업무가 되었다.

"크! 니들처럼 한가하게 술이나 마실 형편이 아니었다."

이중호는 술잔을 담긴 술을 단숨에 목구멍으로 넘기며 말했다. 오늘 모임은 이중호와 제일 친한 인물들만 모였다.

"하하! 중호가 앓는 소리를 다 하고. 무슨 일 있는 거야?"

한라그룹의 정태술 회장의 아들인 정문호가 물었다. 그는 이중호보다 2살 위였다.

아버지의 모습을 고스란히 빼닮아 두툼한 얼굴을 가진 정문호였다. 정태술이 삼수 끝에 가진 편법을 동원해 간신히 서강대에 입학시켰지만, 공부는 뒷전이었다.

그로 인해 청운회의 가입 조건을 충족하지 못했지만, 이중호의 입김으로 청운회에 들어온 인물이었다.

"형네 아버지가 뭐라고 안 해?"

이중호는 정문호을 은근히 무시했다.

"무슨 말을? 아무런 말도 듣지 않았는데."

"정말 태평스러워. 강태수라고 들어봤어?"

"강태수라? 어디서 한번 들어본 것 같기도 하고… 뭐 하는 놈인데?"

고개를 갸우뚱하던 정문호가 이름이 떠오르지 않는다는 표정으로 물었다.

"현재 우리나라에서 가장 잘나가는 놈의 이름이지."

"영화배우야? 그런 이름을 가진 배우는 못 들어봤는데."

"혹시, 신의주 특별행정구의 장관 이름 아닙니까?"

정문호의 앞에 앉은 홍기영이 말했다.

"빙고! 그뿐만이 아니지. 국내에서 잘나가고 있는 닉스와 블루오션을 운영하는 인물이기도 하지."

"그것 때문에 잘나가는 거야? 고작 몇 개의 회사를 운영한다고 해서."

별스럽지 않다는 투로 한종우가 말했다.

"후후! 고작 몇 개의 회사가 아니야. 정확하게 승승장구하는 다섯 개의 회사를 가지고 있지. 올해 21살 처먹은 놈이 말이야."

이중호는 매고 있던 넥타이를 풀어헤치며 말했다.

"21살이라고? 갑작스럽게 부모가 돌아간 거야, 뭐야? 조만간 회사를 말아먹겠네."

정문호의 말에 이중호의 얼굴이 찡그려졌다. 술자리에 있는 인물들 모두 강태수를 전혀 모르고 있었다.

"부모한테 물려받은 회사는 하나도 없어. 몇 개 회사는 합작이라고 봐야겠지만, 모두 자기가 일으켜 세워서 국내 제일의 회사로 만들었지."

"그래 봤자 잠깐 반짝이다가 끝나는 회사이겠지. 그런 회사가 한둘이 아니잖아."

미국에서 생활했던 한종우도 강태수에 대해서 잘 알지 못했다. 아니, 관심을 두지 않았다.

한종우는 미국에서 마약에 취한 상태에서 여자를 때려서 적지 않은 합의금을 주고 한국에 들어온 상황이었다.

그는 어려서부터 종종 범죄에 가까운 사고를 쳤지만 단

한 번도 문제가 된 적이 없었다.

"그 정도의 회사가 아니에요. 닉스는 국내 부동의 1위였던 나이키를 끌어내린 회사입니다. 이번에 유원건설도 인수한 걸로 알고 있습니다."

"그나마 기영이가 낫네. 형네 회사가 나이키 국내판매권을 가지고 있으면서 관심도 없어?"

이중호가 한심한 표정으로 정문호를 보며 물었다.

"알면서 그래. 꼰대가 집에 잘 들어오기라도 하냐? 맨날 젊은 계집애들 뒤꽁무니만 쫓아다니는데. 대화를 해야 회사가 어떻게 돌아가고 있는지 알지. 너처럼 내가 회사의 인물들을 만나기를 하냐. 그리고 매형이라고 있는 것들이 회사를 어떻게든 가져가려고 장난이 아니다."

정태술은 정문호가 대학을 졸업하기 전까지는 회사 근처에도 오지 못하게 했다. 정태술은 딸만 둘을 두다가 둘째 부인에게서 정문호를 얻었다. 문제는 배다른 누나들이 정문호를 무척이나 견제하고 싫어했다. 정문호는 목이 타는지 술잔에 가득한 위스키를 단숨에 들이켰다.

"그러니까 정신 차리고 졸업이나 하지그래."

"난 지금 이대로가 좋다. 2년은 더 놀아야지, 요새 새내기들이 얼마나 파릇파릇하고 야들야들한데."

4학년 졸업반이었지만 정문호는 군대 문제를 핑계로 휴

학계를 냈다. 하지만 정문술이 병영 브로커를 통해 정문호의 군대 문제를 해결한 후에도 복학하지 않은 채 학교를 놀러 다니듯 했다.

"하하하! 나도 문제지만 문호 형도 장난이 아니야. 이번에 또 임신시켰단다."

한종우의 말에 이중호는 고개를 좌우로 저었다.

"아예, 축구부를 만들지그래."

"다른 건 몰라도 씨는 정말 우리 꼰대를 빼다 박은 것 같아. 이번에도 원 샷 원 킬이야. 하하하!"

자랑스럽게 웃으면서 말하는 정문호는 적지 않은 여자들을 임신시키고 또한 낙태하게 만들었다. 자신이 표적으로 삼은 여자는 어떻게든 자신의 것으로 만들기 위해 수단과 방법을 가리지 않았다. 그때 룸의 문이 열리고 박영수가 들어왔다.

"늦었습니다."

박영수는 석산 건설의 장남이었고 계열사로 고속버스 회사와 시멘트 회사를 가지고 있었다.

서울대에 다니는 박영수는 동기에게 예인이를 소개받아 한동안 지겹도록 따라다녔었다.

"영수! 빨랑빨랑 와야지. 형님들을 기다리게 하면 어떡해. 자! 시원하게 한잔 마시고 시작해라."

한종우가 위스키가 가득한 잔을 건네며 말했다.

"이거 너무 많은데."

"야! 그러니까 제때 와야지. 형이 너 때문에 여자 없이 술을 마셔야 하겠니."

"알았어요."

정문호의 말에 박영수가 얼굴을 찡그리며 잔을 비웠다.

"크! 앞으로 늦지 않겠습니다."

박영수가 술잔을 다 비우고는 자리에 앉았다.

"영수도 왔으니까 초이스하지."

정문호가 이중호를 보며 말했다.

"알아서 해."

"OK! 오늘 신나게 노는 거야."

정문호는 룸에 설치된 인터폰을 들었다.

"요새 어떻게 지냈냐?"

"밀린 공부도 좀 하고, 머리 식히려고 꼼에 갔다 왔어요."

이중호의 물음에 박영수는 술잔을 들며 말했다.

"무슨 일 있었어? 표정이 별로야."

"일전에 형에게 한번 이야기했던 여자애 있잖습니까?"

"어, 그래. 어떻게 됐는데?"

"보기 좋게 물먹었죠. 여러 방법을 써봤는데, 도통 저에게는 관심을 보지 않더라고요. 그래서 깔끔하게 포기했습니다."

"야아! 천하의 박영수가 물을 먹을 때도 있어. 누구길래

그래?"

한종우가 박영수의 이야기를 듣고는 놀라 물었다. 박영수는 남자 연예인 같은 준수한 외모에다가 키까지 컸다.

거기다 집안도 대단하고 학벌도 좋았다. 그러다 보니 어려서부터 여자들이 박영수를 많이 따라다녔다.

청운회의 멤버들도 박영수를 얼굴마담으로 앞세워 클럽을 다녔었다.

"있어, 우리 학교의 퀸카가."

"야, 서울대는 퀸카라고 해봤자 공부만 하는 애들이라 얼굴과 몸매가 영 아니잖아."

인터폰을 내려놓자마자 정문호가 박영수를 보며 말했다.

"형은 보자마자 반할걸. 웬만한 여배우들보다 훨씬 나으니까."

"그런 애가 어디 있어? 난 지금까지 머리 좋고, 공부까지 잘하면서 예쁜 여자는 보지 못했다. 신은 공평해, 여기가 안 좋으면 몸매라도 좋게 해주지. 물론 그렇지 않은 경우도 태반이지만."

정문호가 자신의 머리를 가리키며 말했다. 그때 문이 열리면서 아가씨들이 들어왔다. 다섯 명의 여자 모두 늘씬한 몸매는 물론이고 흔히 볼 수 없는 미인들이었다. 그중에는 잡지 모델과 TV 드라마에서 단역으로 출연했던 여자도 있었다.

"중호가 먼저 골라라."

선심 쓰듯이 정문호가 말했지만 모임을 이끄는 이중호가 늘 먼저 선택했다.

"너!"

이중호의 손가락이 주저 없이 가리킨 곳은 수줍은 얼굴로 살짝 고개를 숙이고 있는 여자였다. 청순한 외모로 오늘 처음 이곳에 나온 여자였다. 그 여자의 외모가 어딘가 강태수의 여자친구인 송가인을 닮아 보였다. 이중호의 선택에 정문호가 못내 아쉬운지 입맛을 다시고 있었다.

*　　　*　　　*

사하공화국 수도인 야쿠츠크의 한 호텔에는 수십 명의 건장한 남자가 몰려들었다.

특별한 날도 아닌데 호텔 방이 모두 동난 것이다.

"경비가 12명이라고 합니다."

"음, 생각보다 많은데."

무리를 이끄는 인물이 부하의 말에 인상이 굳어졌다.

"그리고 경찰이 하루에 두 번 광산을 순찰한다고 합니다."

"순찰 시간은?"

"그게 불규칙하다고 들었습니다. 광산 쪽에서 요청한 상황이라고 합니다."

"이런! 잘못하면 일을 망칠 수도 있겠는데."

"좀 더 시간을 갖고 움직이시는 게 어떻겠습니까?"

다른 한 인물이 빌류 광산이 표시된 지도를 보며 말했다.

"다른 놈들이 움직인다는 것이 문제야. 막심이라는 놈이 입을 놀렸더군."

"놈을 제거하시죠?"

"언젠가는 알게 될 일이야. 우린 잔챙이에 신경 쓸 것 없이 이번 일에 신경을 쓰면 된다. 오늘 현장을 보고 내일까지 작전을 세워. 우리에게 주어진 시간은 얼마 없으니까."

"알겠습니다."

방 안에 모인 인물 중 상당수가 군 출신이었다.

옆에 앉은 파트너의 윗옷 안으로 집어넣은 정문호의 손이 우악스럽게 젖가슴을 움켜쥐었다. 그의 행동에 여자는 고통스러웠지만 내색하지 못한 채 참고 있었다.

"이야! 정말 장난이 아닌데."

정문호의 다른 한 손에는 박영수가 건넨 사진이 들려 있었다. 사진 속 주인공은 다름 아닌 송예인이었다.

사진 속에는 동아리 친구들도 함께 있었지만 유독 예인이가 눈에 띄었다.

"이제 포기하려고요."

"박영수를 마다하는 여자도 있나 했는데, 사진을 보니까 그럴 만도 하네."

"그 친구도 유명하지만 송가인이라고 쌍둥이 언니도 학교에서 유명하지."

이중호가 술잔을 입으로 가져가며 말했다.

"영수야, 정말 너 포기하는 거냐?"

정문호가 확인하듯 박영수에게 물었다.

"뭘 해봤어야죠. 이젠 할 일도 많아져서, 그쪽에 신경 쓸 여력이 없습니다."

"그럼 내가 해도 되겠냐?"

정문호의 말에 박영수의 미간이 살짝 좁혀졌지만 금세 펴졌다. 정문호는 여자를 자기 것으로 만들기 위해 수단과 방법을 가리지 않는다는 것을 잘 알기 때문이다.

"그러세요. 제 여자도 아닌데."

"좋았어. 그 기념으로 오늘 술값은 내가 낸다."

정문호는 신난 아이처럼 말했다.

"쉽지 않을 텐데."

이중호가 재미있다는 표정으로 말했다.

"야, 다른 건 몰라도 여자는 내가 잘 알아. 도도한 년들도 가랑이를 벌리게 할 비법이 있다니까."

자신 있게 말하는 정문호의 비법을 이중호는 잘 알고 있었다. 정문호는 히로뽕을 이용하여 자신이 원하는 여자를 강제로 취했다. 처음 각성제로 만들어진 히로뽕은 물과 술, 그리고 커피에도 쉽게 잘 녹았고 냄새도 없었다.

　"만약에 성공하면 내가 큰 거로 한 장 내지."

　이중호가 파트너의 허벅지 사이로 손을 집어넣으며 말했다. 이중호는 은근히 정문호를 부추기고 있었다.

　"새끼! 승부욕을 자극하네. 좋아! 곧바로 작업 들어간다. 한 달 안에 너희들 앞에 데리고 나와서 내 여자라는 걸 확인시켜 주지."

　"기대할게."

　악!

　이중호의 말과 동시에 그의 파트너가 고통스러운 표정을 지으며 외마디 비명을 질렀다.

　하지만 그 누구도 여자의 비명에는 관심을 두지 않았다.

『변혁 1990』 20권에 계속…

초대형 24시 만화방

신간 100%, 샤워실, 흡연실, 수면실(침대석), 커플석, 세탁기 완비

■ 강북 노원역점 ■

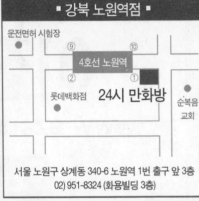

서울 노원구 상계동 340-6 노원역 1번 출구 앞 3층
02) 951-8324 (화용빌딩 3층)

■ 일산 정발산역점 ■

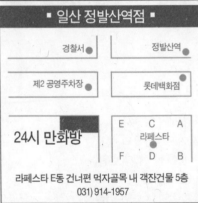

라페스타 E동 건너편 먹자골목 내 객잔건물 5층
031) 914-1957

■ 일산 화정역점 ■

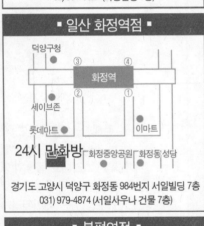

경기도 고양시 덕양구 화정동 984번지 서일빌딩 7층
031) 979-4874 (서일사우나 건물 7층)

■ 부천 역곡역점 ■

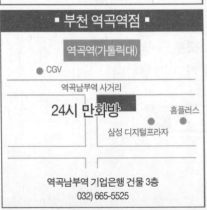

역곡남부역 기업은행 건물 3층
032) 665-5525

■ 부평역점 ■

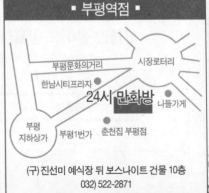

(구) 진선미 예식장 뒤 보스나이트 건물 10층
032) 522-2871

FUSION FANTASTIC STORY

성운을 먹는 자

김재한 퓨전 판타지 소설

『폭염의 용제』, 『용마검전』의 김재한 작가가 펼쳐 내는
이제까지와는 전혀 다른 새로운 이야기!

『성운을 먹는 자』

하늘에서 별이 떨어진 날
성운(星運)의 기재(奇才)가 태어났다.

그와 같은 날,
아무런 재능도 갖지 못하고 태어난 형운.
별의 힘을 얻으려는 자들의 핍박 속에서 한 기인을 만나다!

"어떻게 하늘에게 선택받은 천재를 범재가 이길 수 있나요?"
"돈이다."
"…네?"
"우리는 돈으로 하늘의 재능을 능가할 것이다."

Book Publishing CHUNGEORAM

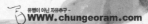

유행이 아닌 자유추구 -
WWW.chungeoram.com

이계진입 리로디드

임경배 퓨전 판타지 소설

FUSION FANTASTIC STORY

『권왕전생』 임경배의 2015년 신작!

『이계진입 리로디드』

왕의 심장이 불타 사라질 때,
현세의 운명을 초월한 존재가 이 땅에 강림하리라!

폭군으로부터 이세계를 구원한 지구인 소년 성시한.
부와 명예, 아름다운 연인…
해피엔딩으로 이야기는 끝인 줄 알았건만
그 대가는 지구로의 무참한 추방이었다.
그리고 10년 후……

"내가 돌아왔다! 이 개자식들아!"

한 번 세상을 구한 영웅의 이계 '재'진입 이야기!

Book Publishing CHUNGEORAM

 유행이 아닌 자유추구 -
WWW.chungeoram.com

철백 新무협 판타지 소설

FANTASTIC ORIENTAL HEROES

大武

대무사

피와 비명으로 얼룩진 정마대전의 종결.
그리고…

"오늘부로 혈영대는 해산한다."

혈영대주 이신.
혈영사신(血影死神)이라고 불리는 그가
장장 십오 년 만에 귀향길에 올랐다.

더 이상 전쟁의 영웅도, 사신도 아니다!

무사 중의 무사, 대무사 이신.
전 무림이 그의 행보를 주목한다!

Book Publishing CHUNGEORAM

유행이 아닌 자유추구-
WWW. chungeoram.com

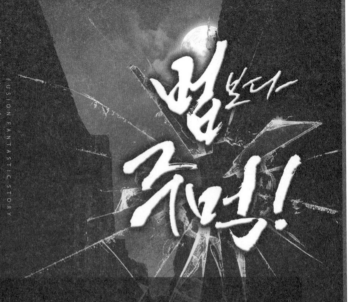

사략함대 장편소설

FUSION FANTASTIC STORY

2016년 대한민국을 뒤흔들 거대한 폭풍이 온다!

『법보다 주먹!』

깡으로, 악으로 밤의 세계를 살아가던 박동철.
그는 어느 날 싱크홀에 빠진다.

정신을 차린 박동철의 시야에 들어온 건 고등학교 교실.
그리고 그에게 걸려온 의문의 ARS는 그를 새로운 인생으로 이끄는데…….

빈익빈 부익부가 팽배한 세상, 썩어버린 세상을 타파하라!

법이 안 된다면 주먹으로!
대한민국을 뒤바꿀 검사 박동철의 전설이 시작된다!

Book Publishing CHUNGEORAM

유행이 아닌 자유추구
WWW.chungeoram.com

연기의 신

FUSION FANTASTIC STORY

서산화 장편소설

GOD OF ACTING

PRODUCTION
DIRECTOR
CAMERA
DATE   SCENE   TAKE

무대, 영화, 방송…
모든 '연기'의 중심에 서다!

『연기의 신』

목소리를 잃고 마임 배우로 활동하던 이도원은
계획된 살인 사건에 휘말려 비참한 죽음을 맞이한다.
그런 그에게 주어진 특별한 기회, 타임 슬립.

"저는 당신의 가면 속 심연을 끌어내는 배우입니다."

이제 그의 연기가 관객을 지배한다!
20년 전으로 되돌아가 완전한 배우로서의
삶을 꿈꾸는 이도원의 일대기!

Book Publishing CHUNGEORAM

유행이 아닌 자유추구 –
WWW.chungeoram.com